A

REVOLUÇÃO

DO

C*

ALEX CRIVIER

A REVOLUÇÃO DO C*

1ª edição

BREAK POINT
EDITORA

Break Point Editora Ltda.
Ribeirão Preto / SP
2019

Este livro foi revisado segundo o Novo Acordo Ortográfico da Língua Portuguesa.

Edição, revisão, projeto gráfico e diagramação: Break Point Editora Ltda.

Catalogação na Publicação (CIP)
(Break Point Editora Ltda.)

C936a Crivier, Alex, 1968
A Revolução do C* / Alex Crivier;
1. ed. – Ribeirão Preto: Break Point Editora Ltda., 2019. 148 p.

ISBN 978-65-80663-00-2
1. Romance; ficção. I. Título
CDD: B869.3
CDU: 82-311

BREAK POINT EDITORA

Break Point Editora Ltda.
Caixa Postal 45 – CEP: 14001-970
Ribeirão Preto/SP - (16) 3877-9511
www.breakpointeditora.com.br

NOTA DO AUTOR

Este livro não é o que parece.

Aos
decentes,
por sua
dignidade...

...e aos

politicamente

incorretos,

por sua

sinceridade.

"Não me julguem pelos meus pensamentos secretos;
até a mim eles assustam."

Drummond

2029

Philbert estava esparramado em sua velha poltrona Eames, cujo couro outrora tivera um tom de negro profundo, impenetrável, como as entranhas de uma caverna. Sentindo as rugas em sua superfície, efeito do desaparecimento quase total de seu viço, contemplava a enorme estante de livros à sua frente.

A estrutura de madeira nobre, pesada, escura e soturna, ricamente trabalhada, tinha portas de vidro com suaves molduras jateadas, sem que isso prejudicasse seu estilo clássico e masculino. Combinava perfeitamente com sua cadeira antiga.

Quando encomendou a estante, fizera questão dos vidros, para impedir que a poeira acumulasse nos seus preciosos livros de medicina. Para os volumes na divisão de teratologia, tal preocupação agora era vã, já que, ultimamente, vinha manuseando-os bastante.

Minha biblioteca mais parece um escritório de advocacia... estranho... nunca me dei conta de que tudo o que me cerca é meio sisudo, austero... inconscientemente, acho que acabei refletindo no ambiente ao meu redor, minha repulsa por meu pai...

Segurava no colo, trêmulo, um envelope branco com o timbre da Federação Internacional das Sociedades de Teratologia, que acabara de abrir.

Exceto pela porra do jateamento no vidro, coisa da Helena, não há nada delicado nesta sala...

Franziu a testa e fechou a cara, tenso com a vulgaridade do termo que usara. Havia prometido a si mesmo que não chegaria mais a esses "desníveis". Já tivera na vida generosa cota de obscenidade.

Eu sabia! – a mão esquerda esfregava a maçã do rosto, ao mesmo tempo em que apoiava o peso da cabeça - *Está acontecendo. Agora preciso de foco. Isso é só o começo. Não vão aceitar prontamente, não vão... Tenho que construir todo o cenário. É, o cenário... centenas de décadas. Mas foram eles que pediram...*

Em seus devaneios, Philbert sentia uma excitação crescente, ofuscada por um terror disforme, disperso em seu cérebro, que ele insistia em não condensar. Sabia das implicações daquilo. Sua tensão ia aumentando e o envelope ia sendo amassado pelo torniquete de seus dedos decrépitos. Naquele pedaço de papel estava o indício de que ele sempre estivera certo. E agora ia provar.

Eu vi. Eu assisti a tudo acontecer na minha frente. – Apavorou-se de repente. – *Eu vi, e deixei acontecer... Eu devia ter agido antes. Mas eu só tinha uma teoria, uma suspeita, uma pulga atrás da orelha... Não! Não vou me culpar! Nada poderia ter sido feito. Aliás,* - olhou para o envelope deformado – *vão tentar me ridicularizar quando eu lhes mostrar meu parecer. Não importa. Sou um ancião respeitado porque fiquei quieto esse tempo todo, porque guardei para mim minhas suspeitas. Mas agora não posso mais calar. Assim que me manifestar, serei visto como nada mais que um velho maluco, uma pessoa arcaica. Retrógrada. É... retrógrada... Apenas um senil, execrado por ousar propor o que provavelmente será taxado como "o maior absurdo que a ciência já viu"...*

Quando se levantou de manhã para atender ao drone à sua porta, Philbert desconfiou que aquele não seria um dia comum. Envelopes já haviam caído em desuso, ainda mais entregues em casa "em mãos". Com um misto de curiosidade e apreensão, tomara ciência do teor do bilhete em seu conteúdo:

CONFIRMADO. TODOS SÃO HV.
PRECISAMOS DO VOSSO PARECER

Ele iria se pronunciar e poderia ser abominado por isso. O dia de sua apresentação talvez se tornasse o dia em que a infâmia abraçaria a Ciência. Ele entraria para a história, ou como gênio ou como idiota.

De qualquer forma, o mundo iria desabar.

* * *

Helena deteve-se diante da porta do gabinete por um instante. Ficou olhando para a esmerada caligrafia utilizada para gravar, na placa de metal afixada bem no centro da moldura de madeira, o honorável título de seu marido.

Philbert - PhD.

Nunca entendeu porque ele encomendara essa placa desse jeito, toda rebuscada. Se bem o conhecia (e o conhecia muito bem), normalmente ele teria escrito apenas Philbert, em letras de forma mesmo.

Se por causa dos detalhes nos vidros da estante da biblioteca (que ela mandara fazer como surpresa), ele quase tivera um infarto, essa placa era uma incógnita. Sem bater, abriu a porta e foi entrando.

– Phil?

Philbert não respondeu. Apenas a olhou por detrás dos óculos holográficos e voltou à sua reunião virtual. Helena fechou a porta e sentou-se no sofá Chesterfield de couro marrom, confecção capitonê inglesa, era Vitoriana, século XIX. *Mais clássico, impossível!* – pensou, e, num insight, imediatamente entendeu a placa na porta – *Tem a ver com o pai! Mas é claro! Não é uma homenagem, isso não. Ele não homenagearia o pai nunca. Mas deeedicoouuu a plaaaca aaa eeele! Como não vi isso nestes anos todos? Tudo é sóbrio e masculino no universo do Phil, mas a tal da placa sempre destoou. Preciso saber mais sobre isso. Talvez ele não odeie o pai tão completamente...*

– Helena, por que está me olhando assim? – indagou Philbert, tirando os óculos, levantando-se roboticamente de sua escrivaninha e sentando ao seu lado no sofá.

– Assim como?

– Curiosa.

– Porque estou.

– Curiosa com quê?

– Duas coisas: a primeira, porque quero saber por que você saiu de repente de casa e correu pra cá como se algo muuiiito urgente exigisse uma reunião holográfica, coisa que você detesta; a segunda... bem, a segunda tem a ver com seu pai...

Philbert levantou-se de um salto, apenas para levar imediatamente as mãos às costas e sentar de novo, vagarosamente, praguejando pela pontada de dor que sentira e pela impertinência de Helena.

– Não quero falar sobre meu pai, você sabe que detesto isso!

– A placa, Philbert. A placa na sua porta é coisa delicada demais para seu gosto. Eu raramente venho aqui. Hoje, não sei por que, notei isso e a ficha caiu. É em memória dele, não é?

– Não.

– Não disfarça Phil, eu estou com você há milênios! Desembucha!

Helena era assim, direta, transparente, cheia de energia, falante, estabanada, curiosa, inteligente.

Mulher.

Philbert era diferente: evasivo, dissimulado, reservado, metódico. O assunto "pai" era um tabu que ela, mesmo sendo assim, despachada, não ousava desafiar. No máximo sondava, mas nestes anos todos, conseguira pouca informação.

– É para mim. - resmungou ele, olhando para o chão.

– Como assim?

– É um lembrete para mim do que ele era. Me assombra e me ordena todo dia: en-ten-da! - disse, rangendo os dentes - Podemos falar disso outra hora?

– Porque saiu de repente de casa? Aquilo que o drone entregou era um envelope?

– Era.

– Uau! Achei que ninguém mais usava isso. Quer

dizer, a não ser que não queira que fique gra...va...do na ma...lha di...gi...tallll... - Helena foi esticando a frase e percebendo o caráter da coisa - Phil! Mandaram queimar depois de ler?

– Helena! Pára com isso! É sigiloso sim, é grave e, provavelmente, vai me consumir!

– Phiiiiiillll?

– Desculpa Helena, mas você precisa se afastar de mim. O que vou fazer vai atrair a ira de muita gente.

Philbert pegou seu casaco e saiu, deixando-a perplexa, escorada pelo Chesterfield.

* * *

Anderson andava de lá pra cá, e de cá pra lá na antessala da ala de obstetrícia do hospital e batia nervosamente as mãos nos quadris. O barulho dos tamancos Emily (verniz vermelho) irritava o ar. Era alto, desajeitadamente alto. Magrelo. Braços e pernas longos, mais longos do que deveriam. Encolhia os ombros ao andar, o que, combinado com a mania de manter os braços junto ao corpo, dava a impressão de que estava sempre tentando passar por alguma fresta. E rebolava.

Não só os quadris, tudo nele rebolava, de modo que parecia se mover desconjuntadamente, como uma marionete com um dos cordéis arrebentado. Usava o cabelo tipo rastafári, com um emaranhado disforme no topo da cabeça, que pretendia ser um coque, mas que mais lembrava um novelo de lã desfiado por um gato raivoso.

A camiseta regata branca, única peça mais ou menos sóbria, tinha sido cortada para parecer um crop top desalinhado e a calça era pantacourt laranja. Tinha piercings na sobrancelha, no nariz, no umbigo, nos mamilos, no escroto (sic), fazendo com que se enganchasse nas coisas com frequência. Quando foi fazer a coleta do sêmen para o procedimento de fertilização dos óvulos que havia comprado (sic) na internet, teve problemas com suas bolinhas tailandesas, cuja fina corrente de metal enroscou no piercing. Parece que, no calor do momento, talvez empolgado pela circunstância (estavam ali para fabricar (sic) seu primeiro filho), seu marido, Paolo, puxou o acessório depressa demais de dentro dele e o que se ouviu foi um grito que reverberou por toda instalação da clínica. Anderson teve o saco reparado com cola biológica, mas antes conseguira dar uma boa esporrada no copinho. Sucesso, afinal.

Mas agora, sucesso era uma palavra deslocada. O útero que haviam alugado para "gerar" seu pimpolho estava ali, do outro lado da porta, sendo monitorado e submetido a exames. Ao se aproximar, o semblante do Dr. Joel não deixava dúvida: deu merda!

* * *

William segurava carinhosamente a mão da esposa Jessica, grávida de sete meses, enquanto o Dr. Nicolas entrava na sala do consultório. Contornando a enorme mesa de mogno polido, de um bonito tom castanho-avermelhado brilhante, jogou-se pesadamente em sua cadeira, soltando o ar nervosamente e encarando-os.

Pensou antes de falar, o que fez suar as mãos do casal sentado à sua frente, agora apreensivos.

– Está acontecendo algo que não entendemos. Eu não sei como vou explicar isso a vocês.

Jessica destampou a chorar. Ela sabia que depois de tantos exames (muitos mais do que sua intuição aceitaria), e das constantes evasivas de Nicolas aos inquéritos deles, alguma coisa deveria estar errada.

– Amor, calma. Vamos ouvir primeiro. Doutor, nosso filho... é... normal? – sua voz estava trêmula, destoando completamente do conselho que dava à sua esposa.

– Normal... ... ..."normal" é só uma palavra. Na guerra de terminologias que temos travado, o que ela deveria representar é algo impossível de se definir hoje em dia. Qualquer padrão que pudesse ser utilizado como referência foi pulverizado, ou seja, TUDO é tido como "normal" agora. Então, não usamos mais essa definição. Sei que vocês estão me entendendo. - irritou-se ele.

– O senhor também nos entendeu, doutor! - disse William sério.

Nicolas juntou o monte de exames que estavam dentro da pasta intitulada "Torres, Jessica" e começou a nomeá-los, enquanto ia virando-os sobre a mesa:

– Análise genética e cromossômica; teste hormonal; ultra-sonografia; ressonância magnética; ecografia; amniocentese; biópsia gonadal. Não há dúvida, o feto tem Desordem...

– NÃO!!! - interrompeu William, descontrolado após ouvir a última palavra - Contratamos essa droga de "Injeção Intra-não-sei-o-quê" justamente pra termos certeza da qualidade das células! Isso é inadmissível! Não podemos ter um filho com qualquer tipo de "desordem"! NÃO QUE... ... ... - segurou o ar por um instante; por fim acabou por engoli-lo e vomitou: NÃO PODEMOS! - e levantou-se abruptamente, dando um soco na mesa, que, como o Doutor, ressentiu-se calada.

"Não queremos" era perigoso. William sentiu que naquele exato momento, aquelas palavras suprimidas haviam descido goela abaixo, corrido para bem dentro de seu corpo, se escondido em alguma mitocôndria desavisada e, num futuro não muito distante, iriam assassiná-lo através de algum tipo amargurado de câncer.

Jessica tremia. Quando finalmente conseguiu abrir a boca, balbuciou:

– Somos... somos pessoas reservadas. Temos um senso de conduta que busca a serenidade e o equilíbrio em nossas vidas. Detestamos o... ... ... - soluçando, fez uma longa pausa - ...detestamos o que estamos vendo no mundo de hoje. Olhe o quê está fazendo conosco! Nós só queremos um filho normal! NINGUÉM MAIS É NORMAL? - berrou histericamente, sem nenhuma reserva, serenidade ou equilíbrio.

William sentou e inclinou-se para abraçá-la, olhando fixamente para o Doutor Nicolas, que desviou o olhar. Houve um silêncio estranho, como só uma folha em branco seria capaz de exprimir. Finalmente, Nicolas disse:

– As células eram as melhores, cuidadosamente selecionadas dentre as que coletamos de vocês. O procedimento de Injeção Intracitoplasmática de Espermatozóides é o mais adequado. Tudo estava perfeito. A condição genética verificada, em particular, tem origem incerta. Como se instala, ainda é um mistério para a medicina. Eu sinto muito.

* * *

Através da porta aberta, sentada detrás de sua mesa, a Enfermeira Kate olhava piedosamente para as duas figuras alojadas no banco do corredor do Posto de Saúde.

– Difícil, não é? - perguntou a colega de profissão Gina, aproximando-se e encostando na parede - É uma epidemia. Nunca vi tantos casos de pré-adolescentes grávidas assim.

– É... Ênfase no "pré". Doze anos! Olha o tamanho da barriga. Tá muito desproporcional. E a mãe, tadinha... Olha a cara de desolação. Eu conheço eles, são gente decente. A Dona Dolores é esposa do "Seu" Tadeu, da padaria lá da comunidade. A filha é a Francine. No ano passado, começou a aparecer na rua com aqueles shortinhos enfiados na bunda. Eles não sabiam mais o que fazer pra preservar a menina. Mas quem consegue hoje em dia? Hoje pode tudo. E ela não sabe nem quem é o pai!

"Disse que toda vez que ia no baile funk ficava com cinco, seis moleques na mesma noite, que todas as colegas competiam pra ver quem ficava com mais. E a Dona Dolores achava que "ficar" era dar uns beijinhos... Doze anos, Gilda! Outro dia virou um fuá danado na casa da vizinha, a Matilde. Imagina você que a menina dela, uma criança, igual à Francine, mesma idade, fez um vídeo com o celular e postou na rede dizendo que na escola dela não tinha mais "rôla" (sic), que os moleques eram tudo viadinhos e que ela queria mudar de cidade.

"O quê tá passando na cabeça dessas crianças? Gina (!), o pai descobriu e foi preciso os cinco irmãos dele pra segurar. Ele queria matar a menina. Saiu de casa e até agora ninguém sabe dele. Mandaram a menina pra casa de uma irmã da Matilde e a Matilde só faz chorar. Tá uma putaria geral. Olha aí a consequência..."

O Doutor Hernandez, adentrando a sala pela porta de acesso privativo, completou:

– A "consequência" vai ser pior do que se pensa! A criança é HV!

– Não! De novo? Ai, que provação pra Dona Dolores! – disse Kate, levando as mãos ao rosto.

– Outro HV aqui?! – exaltou-se Gina

- Como assim, "de novo"; "outro"? - perguntou o Doutor Hernandez, surpreso. – Esse diagnóstico é raro! Não se fala nele até se ter certeza!

– Eu sei. - disse Gina – Por isso mesmo tô perguntando! No começo da semana o Doutor Mendes confirmou esse diagnóstico na gravidez de uma das pacientes dele, uma tal de Suelen.

– Mas porque ele não me disse?

– Ele viajou ontem, Doutor. Pelo que vi na escala de trabalho, vai ficar fora cinco dias. Deve ser algum congresso... - disse Kate.

– Não é. Eu saberia.

– Sem querer fofocar, eu ouvi uma conversa dele no celular combinando um encontro com alguém chamado "Ilberti"... - disse Gina, encolhendo os ombros e espalmando as mãos para cima.

– Não seria Philbert?

– É, é isso aí: Philbert. É algum figurão?

– O cara é simplesmente PhD em PhD's! Kate, por gentileza, peça para que sejam coletadas as informações de praxe da Francine e comunique à Dona Dolores que a consulta será remarcada para daqui a dez dias. E boca fechada sobre os diagnósticos, ok?

Hernandez saiu em disparada, discando freneticamente um número em seu celular, pensando em como pegar o próximo voo para a capital, e sequer ouviu e Enfermeira Kate desesperar-se:

– Mas Doutor, e a escala de trabalho?...

* * *

Helena colocara um robe floral de seda e sentara-se na varanda para o café da manhã com (esperava ela) Philbert. Queria ver se conseguia descobrir o que estava acontecendo. Ele chegara em casa de madrugada e até alguns minutos atrás, roncava ruidosamente. A julgar pelo silêncio, havia acordado. Ou morrido (sic).

Helena tinha esse medo secreto. Sempre que Philbert ficava muito quieto na cama, o primeiro pensamento que lhe vinha á cabeça era: *não está respirando!* Philbert era quase octagenário. Embora gozasse de boa saúde, ela vivia com o pé atrás. Como sempre, exagero dela, pois Philbert surgiu na varanda, metido em um felpudo roupão branco.

– Bom dia, querido!

– Bom dia, Helena.

Philbert sentou-se e, servindo-se de seu costumeiro café com leite plebeu (em contraste com o aristocrático chá dela), passou manteiga no pão e disparou:

– O que você achou de "O último tango em Paris"?

Entre surpresa e curiosa, Helena respondeu:

– Meio chato. Muita neurose. Assisti quando saí da faculdade, em 79. A gente se conheceu no final daquele ano, lembra? Demoraram pra liberar a exibição, foi uma polêmica danada na época. Fui ver mais por causa do bafafá mesmo. Por que o interesse neste filme agora? Hoje ele é quase inocente...

Helena conhecia aquele jogo. Quando Philbert queria entrar em terreno escorregadio, começava "comendo pelas beiradas". Ela sabia que alguma coisa séria vinha por aí.

– Lembra-se da última vez que ficamos juntos? - perguntou Philbert, olhando-a ternamente.

– Lembro, Phil. Não faz tanto tempo assim. - respondeu, mal disfarçando o incômodo com a inesperada pergunta.

– Dez anos, Helena. Dez anos. Eu tinha 69 e você 64. O que achou da manteiga?

Helena ameaçou corar, mas rapidamente se recompôs. Era típico dele, ela sabia que tinha que se deixar conduzir.

– Uma delícia, mas você sabe que prefiro geleia de damasco. - esquivou-se com elegância. - Posso saber o que tem a ver nós com o filme?

Philbert sorriu. - *Ah! A inteligência dela. Sua sagacidade. Seu senso de humor refinado.* - Poderiam ficar horas se desafiando.

– Nunca cruzamos aquela linha. Por quê, Helena?

– Porque nos respeitamos. Em nossa cama, tudo sempre fluiu naturalmente e a sodomia sempre ficou deslocada, nunca encontrou espaço conosco. No filme, a cena da manteiga não é uma cena de amor; é uma cena de desprezo, de afirmação de poder. Ele a submete pela força, porque odeia o que ela representa: o vigor da juventude, que ele sabe que está perdendo e precisa reafirmar para si mesmo.

Philbert refletiu um pouco, bebericando seu pingado.

– Você tem razão em relação ao poder. O macho ativo é atraído por esse tipo de relação como forma de se sentir possuidor de sua fêmea, no sentido de dono mesmo; não tem a ver com prazer sexual, e sim com satisfação psicológica. E a fêmea se submete para agradar seu macho e mantê-lo por perto; novamente, não tem a ver com prazer sexual, e sim com interesses específicos.

– É como eu disse Phil: respeito. Sempre estivemos no mesmo nível. Nunca manipulei você e você nunca me submeteu. Acho que somos aberrações.

– Nós sempre nos completamos, não é Helena? Sinto isso até na ausência de intimidade.

– Phil, percebemos que não precisamos mais (nos procurar). Percebemos que tivemos muuiiitasss noites maravilhosas. Percebemos que passou a haver em nós, mais mente do que corpo, e que isso era bom. Percebemos que evoluímos. Não é esse o objetivo final, afinal?

– Acho que tem uma palavra para isso. - disse Philbert, pensativo.

– É transcendência, Phil.

– É! É isso mesmo. Você é genial. Eu sou completamente apaixonado por você, mas naquela última vez em que nos deitamos, eu me senti desconfortável, parecia que eu estava insistindo em algo que não pertencia mais a mim. Era como se a Natureza dissesse: "o que você está tentando fazer, seu caquético? Eu tirei o seu vigor justamente para que você deixasse de ser essa besta e ascendesse a outro nível, e você me vem com essa pilulazinha azul, perdendo a noção do ridículo?"

– Phil, me senti da mesma forma com meu lubrificante vaginal...

Eles se entreolharam. Tal afinidade era rara, muito rara. Eles sabiam que, regra geral, ou ninguém evoluía, ou um evoluía e o outro não acompanhava. O resultado era desgraça.

– A Natureza é sábia, Phil, muito sábia.

A frase levara Philbert direto para a realidade do dilema que vinha enfrentando. Olhando para o vazio, meio sem querer, deixou escapar:

– É... Mas é uma sabedoria difícil de entender. Somos muito burros para isso...

Helena percebeu, na reflexão involuntária de Philbert, uma pequenina chance de garimpar mais informações sobre o que andava acontecendo.

– A Natureza anda produzindo monstros demais, Phil? - disse em tom sério, inclinando-se para ele.

– Helena, me desculpe por manter você isolada. É que uma coisa absurda está se desenhando no horizonte. Você sabe que dediquei minha vida à teratologia e consegui inúmeros avanços com minhas pesquisas. Mas isso... isso extrapola a medicina.

– Isso o quê, Phil? Eu não sou mais uma jornalista xereta, eu me aposentei, lembra?

– Helena, por que não tivemos filhos?

– Porque simplesmente não aconteceu.

– E por que não insistimos? Por que não apelamos à ciência?

– Porque acabamos por nos concentrar mais em nossas carreiras.

– A verdade, Helena, vamos falar a verdade.

Helena suspirou fundo.

– Medo. Sempre tivemos medo...

– ... de algo dar errado! - completou Philbert - Em nossa profissão vimos tantas desgraças e aberrações que acabamos sabotando o "projeto filho". Como correspondente internacional você viu de perto a tragédia social do mundo; eu não me esqueço da angústia de te ver nos noticiários, embrenhada nos cafundós desse planeta, cobrindo histórias de farrapos humanos. E eu tenho acompanhado a progressão de um monte de anomalias na biologia e posso te dizer: chegamos a um beco sem saída!

– Phil, explique-se. O que quer dizer com isso?

– Eu estive conversando com especialistas de diversas áreas desde o envelope do drone. Eu preciso sair agora. Vou me encontrar com alguns médicos. Conversaremos mais à noite, está bem?

Philbert levantou-se, beijou a testa de Helena e ia entrar no quarto quando reparou na cara de decepção dela. Voltou e disse:

– A Natureza, Helena. Ela deu xeque-mate...

* * *

O Doutor Mendes selecionava duas fatias de mamão papaya dentre a enorme variedade de frutas do buffet do hotel, quando adentraram no salão duas jovens de mãos dadas, provavelmente adolescentes, a julgar pelos montes de pulseirinhas, presilhinhas, miçanguinhas, mochilinhas e demais "inhas" que compõem o visual desses seres em particular. Mendes as olhou de relance e voltou aos seus mamões.

Após criteriosa escolha, adicionou também ao seu prato uma fatia de melão, encheu um copo com suco de laranja e, dirigindo-se para sua mesa, não teve como não notar o "selinho" que as garotas trocaram na frente das fatias de melancia. Tal cena, por já banal nestes tempos, não deveria merecer tanta atenção por parte dele, mas as protagonistas eram de uma beleza ímpar.

Demorou-se na contemplação do momento mais do que a atual convenção social julgaria aceitável, o que lhe valeu um olhar de reprovação das duas. Sentou-se em sua mesa e pôs-se a comer. As meninas, em evidente ato desafiador, sentaram-se na mesa ao lado da dele e começaram a colocar na boca uma da outra moranguinhos, pesseguinhos, cajuzinhos...; entre um "inho" e outro, Mendes as entreolhava, sem conseguir evitar. Uma delas, morena, olhos verdes, cabelo liso na altura da cintura, portando-se como a dominante, alfinetou o hóspede:

– Incomodamos?

Mendes já vira esse filme. Em geral, aquela que assume o papel ativo na relação, quando se sente ameaçada por um "competidor" masculino, adota uma postura agressiva, como meio de compensar a desvantagem que acha que tem. Ele respondeu naturalmente:

– Eu não diria que incomodam. Mas com certeza causam certa distração nas pessoas.

– Com "distração" quer dizer "diversão"? Acha que divertimos as pessoas? – disse a morena, segurando a mão da sua garota com firmeza.

– Quero dizer que chamam a atenção, só isso.

– Por sermos lésbicas? – disse a passiva, esperando desconcertá-lo.

– São mesmo? – disse Mendes com firmeza, parando de comer e olhando-as diretamente.

– Não é óbvio? – indignou-se a morena.

– Óbvio? Não. No caso de vocês é tudo, menos óbvio.

A passiva, que já não poderia ser chamada assim agora, largara a mão da morena, sentara-se ereta na cadeira, deixara seus "inhos" e "inhas" de lado e inclinara-se em direção ao hóspede:

– Senhor, explique-se, por favor. Agora fiquei curiosa.

– "Môre", vamos subir pro quarto. Deixa esse cara prá lá. A gente pede o café na cama... - pelejou a morena, pressentindo que sua segurança começava a escorrer pelos dedos.

– Olhem-se. - ordenou Mendes com um gesto da mão - Cadê a "caminhoneira"?

– Como assim?!!! - levantou-se a morena, imediatamente sendo puxada pela "passiva".

– Senta! Moço, "qualé"? Porque nossa opção sexual te incomoda?

– Olha, isso vai dar em lugar nenhum. Foi um prazer. Sejam felizes, ok? - disse Mendes levantando-se.

– Ahhh, não! Não vai fugir não. Esse tipo de opinião me tira do sério. Faça melhor que isso, por favor! - posicionou-se a "passiva".

Ela era de uma beleza irresistível. Nem alta, nem baixa, nem magra, nem gorda, longos cabelos cacheados, ruivos, de um vermelho suave, olhos cristalinos e corpo absolutamente perfeito. A morena também era bonita, mas essa menina era exótica, de uma forma intrigante. Isso pesou na decisão de Mendes.

– Ok, podemos tentar de novo. Vamos conversar um pouco, se quiserem. Mas não poderei me estender, tenho um compromisso para daqui a pouco. Eu sou o Doutor Mendes, médico obstetra e especialista em genética médica. Muito prazer. - disse sorrindo e estendendo a mão em direção a elas.

Morena: – Hã... Prazer. Cláudia.

"Passiva": – Prazer. Sofia.

– Sofia. "Sabedoria" ou " A sábia". Significado de nomes é um dos meus hobbies. Sabia disso, do significado de Sofia? - perguntou Mendes, aliviando o assunto para desarmar as garotas.

– Mesmo? Não, não sabia. Achei que fosse uma santa, por causa da Basílica de Santa Sofia, em Istambul. Minha mãe estava grávida de mim quando esteve lá e gostou do nome.

– É uma confusão comum, mas a basílica homenageia a Sabedoria em si, com "s" maiúsculo, entende? Deus. Também estive lá, é um lugar lindíssimo.

– Gostaria de ir um dia. Sabe, de dentro da barriga da mamãe não deu pra ver muita coisa. - disse Sofia rindo e olhando para Cláudia.

Mendes percebeu que ela começava a deixar transparecer a adolescente que era: inteligente e curiosa. Ele aproveitou:

– Faça isso. Mas, um conselho: não vá de mãos dadas com a Cláudia e muito menos troquem "selinhos", ok? O Oriente não vai entender isso muito bem...

– Acho que podemos fazer isso. Afinal, parece que sequer convencemos você do nosso lesbianismo... Eles também não vão levar pra esse lado, não é? - provocou Cláudia, deixando transparecer um certo grau de ciúmes.

– Preciso perguntar: sentem atração por garotos?

– São babacas demais! - apressou-se em dizer Cláudia.

– É. Muito imaturos. Não dá. Acham que somos descartáveis. - disse Sofia, num tom carregado de desapontamento.

– Não perguntei o que acham deles. - disse Mendes firmemente, indagando-se que tipo de imbecil descartaria uma mulher como aquela - Perguntei se têm desejo por eles.

– Hummm... ... ... não posso dizer que não tenho. - reconheceu Sofia.

– Acho que sim. Quer dizer, tenho, mas eles sempre fazem tudo errado, são broxantes! - disse Cláudia, visivelmente contrariada.

– É. Entre nós tem mais "troca". - disse Sofia, fazendo com os dedos o sinal de aspas.

– Então...??? - Mendes procurava fazê-las refletir.

– Então o quê? Nós optamos por não nos relacionarmos com eles. É nosso direito escolhermos nossa vida sexual. - disse Cláudia.

– Sem dúvida, é nisso que vocês acreditam, já que cresceram com essa bandeira hasteada. Sofia, o que seus pais acham da sua "opção"? - disse Mendes, imitando o gesto das aspas que ela havia feito.

– Eles dizem que se eu estiver feliz, é o que importa. Porque colocou opção entre aspas? - e fez o gesto de novo.

– Seus pais deram essa resposta pra evitar conflito. Significa que não aprovam, mas, afinal, é a sua vida. Eles sabem que você terá que descobrir por si mesma o caminho que quer seguir.

– Doutor... opção? aspas? ... - interveio Cláudia.

– É difícil acreditar que alguém possa optar por ter um desejo, afinal, ele (o desejo) já está dentro de você, essencialmente na química do seu corpo, você não tem controle sobre senti-lo, você simplesmente sente. Opção implica em uma reflexão que leva a uma escolha e isso, no caso do desejo, só se aplica a aceitá-lo ou negá-lo, não a tê-lo.

"Vocês têm desejo por garotos, isso não é opcional, é inato, mas por razões que consideram válidas, estão negando-o. Uma pessoa do sexo feminino que nasceu homossexual provavelmente sentirá repulsa pelo sexo masculino, muito embora tenha forte tendência a se comportar como este, só que de forma quase sempre exagerada e estereotipada: a "caminhoneira", lembram?

"Disso deriva seu fenótipo, que é um termo da genética usado para descrever as características observáveis de um organismo. E essa pessoa morrerá homossexual, há um determinismo biológico aí. Ela não tem "opção"."

Mendes fez o gesto de aspas de novo

– Acha então que, porque não somos caricaturas de

homens, nosso desejo de uma pela outra é falso? - indignou-se Sofia.

– Estou dizendo que o desejo de uma pela outra não é inato, não que não é verdadeiro. Não há em vocês misandria e nem há fenótipo peculiar de lésbicas. Duvido que haja desordem hormonal. Vocês são produto da atual cultura da sociedade, que incentiva a pansexualidade. Em outro contexto social, superariam suas frustrações com os meninos e pronto.

– Não sei se entendi. - disse Cláudia.

– Vocês são fumantes, certo?

– ... ... Somos. - respondeu Cláudia insegura, olhando para Sofia, que balançou a cabeça afirmativamente.

– Porque presumiu isso tão seguramente? - desconfiou Sofia.

– O cheiro da nicotina está aí. Vocês não sentem mais, mas, acreditem, os outros sentem. Gostaram da primeira vez que experimentaram um cigarro?

– Não gostei. - disse Cláudia.

– Detestei. - disse Sofia.

– Quando eu fui experimentar, - disse Mendes – me senti como se tivesse colocado a boca no escapamento de um carro que estava acelerando: tossi sem parar por uma eternidade. Nunca mais cheguei perto de um cigarro. Mas vocês são fumantes. Porque insistiram?

– Bom... todo mundo da turma fuma, então... - encolheu-se Sofia.

– O meio, Sofia. - disse Mendes, fazendo um gesto horizontal circular no ar com as mãos - A mídia influencia o meio e o meio nos influencia e nos leva a adotar comportamentos que, em outras circunstâncias, provavelmente rejeitaríamos. Hoje vocês sentem prazer em fumar. Mas esse prazer nunca foi inato. Vocês se condicionaram. Entenderam?

Mendes percebeu que agora era alguém com quem as garotas poderiam aliviar suas angústias. De repente, sentiu o peso da responsabilidade, pois vira o quão frágil era o conjunto de valores delas. Precisava ser cuidadoso. Aquela conversa casual deixara de sê-lo, dando lugar a uma investigação comportamental com caráter científico. Agora, ELE esperava aprender com elas. Instalara-se uma rara oportunidade de feedback espontâneo, livre das interferências dos ambientes controlados dos estudos.

Sofia, tentando se encontrar naquele monte de informação, perguntou:

– Doutor, se você disse que: o desejo é o desejo e pronto; que não se opta por ele, só cabe lidar com ele; e eu e a Cláudia não somos lésbicas "legítimas", já que não temos repulsa pelos meninos e nem nos portamos como "caminhoneiras"; onde a gente fica nisso tudo?

– Martele alguma coisa por tempo suficiente e isso acabará entrando na sua cabeça. Se é que posso dizer assim, vocês não são homossexuais, vocês estão homossexuais. Condicionaram-se a isso, por influencia externa. Mas isso as realizará em sua essência? - disse Mendes, observando a cara de interrogação instantaneamente formada nas meninas - Sofia, - continuou - seus pais lhe disseram para ser feliz. Eu não estou interessado no "caso" que vocês estão tendo, que envolve, nessa idade, uma boa dose de curiosidade. Eu estou pensando na sua decisão de vida. É essa pessoa que você deseja ser? Já olhou para seu futuro com a Cláudia?

Cláudia ajeitou-se na cadeira, inclinou-se para frente, puxou a mão de Sofia para junto de si e aguardou a resposta com indisfarçável ansiedade.

– Pra ser sincera, não fui muito longe no futuro. Nós nos damos muito bem, então, acho que estamos deixando rolar. Queremos curtir muito e ter prazer. Até agora, estou feliz. - disse Sofia, esfregando a mão de Cláudia e olhando-a nos olhos.

– Digo o mesmo. - apressou-se Cláudia em se posicionar.

– Vão comprar esperma na internet? - disparou Mendes.

As feições delas derreteram. Sem dar tempo a elas, emendou:

– O futuro trará essa questão. Não pensaram em filhos?

Mendes forçou intencionalmente os limites. Cláudia

agora espremia a mão de Sofia, cujo rosto estava ficando rubro. Mendes levou a mão direita ao bolso interno esquerdo de seu blazer, pegou seu celular e mostrou para as duas a foto de uma criança.

– Este é meu filho, Lucas, de 2 anos. Lucas significa "iluminado". Eu e minha mulher o concebemos. O que isso diz sobre o relacionamento de vocês?

– Porque acha que temos que querer filhos? - disse Sofia, agora em tom desafiador.

– Não têm que querer. Se vocês fossem homens, eu não estaria colocando esta questão. Novamente, vou pedir a vocês: olhem-se! Vocês são, literalmente, fábricas de bebês. Tudo no seu corpo foi projetado para isso. Por mais que rejeitem a definição, são fêmeas, e essa questão surgirá mais cedo ou mais tarde, é um imperativo biológico, não social. A esse desejo também só se aplica aceitá-lo ou negá-lo, não tê-lo.

Sofia surtou:

– Está tentando nos fazer acreditar que nosso relacionamento é antinatural, igual meus pais. Não somos vacas leiteiras procriadoras. Eu cheguei a achar que você tinha algo a dizer! E, além do mais, não precisamos de nenhum macho inútil pra gerar filhos, se quisermos!

- Estão enganadas. Usarão laboratórios, agulhas e tubos de ensaio, sim, mas precisarão do espermatozoide, que virá então de um anônimo. Ora, não sejam ingênuas. Que tipo de macho fica se punhetando numa salinha pra gozar num copinho em troca de alguns trocados? Estão menosprezando o futuro, de novo. A célula que conseguirão facilmente para fecundar seus óvulos terá sabe-se lá qual memória genética, ou seja, pode vir de uma pessoa perturbada, esquizofrênica, psicopata, sociopata ou simplesmente muito feia.

"Não há exame que garanta imunidade a mutações aleatórias. E não há garantia de que, no futuro (sempre ele), seu filho ou filha não venha, por obra do puro acaso, com uma ajudinha da globalização e da lei da probabilidade, a apaixonar-se por um meio-irmão, já que cada "doador" pode ter uma gestação de criança de sexo diferente numa área de 1 milhão de habitantes.

"Acreditem, seus pais querem que sejam felizes. Eu disse que isso passa por realizarem-se em sua essência. A relação de vocês pode ser divertida agora, mas elimine a intervenção da ciência, da qual sou agente, não se esqueçam, e verão que ela não faz sentido algum perante a Natureza. O relacionamento de vocês só faz sentido para os hedonistas, mas cuidado, porque o futuro destes é imensamente vazio. O sentimento de realização nunca irá chegar, pois a busca pelo prazer é insaciável."

Sofia estava bicuda e com os braços cruzados. Foi Cláudia quem falou:

– Não somos animais. Não somos "fêmeas" e "machos". Somos humanos. Dominamos a natureza e desvinculamos sexo de procriação.

– Essa ideia é uma ilusão. Não dominamos nada. E se houvesse sensação de realização no sexo pelo sexo, prostitutas e atores de filmes pornográficos seriam as pessoas mais felizes do mundo. E posso lhes garantir que não são.

Mendes levantou-se e começou a pegar suas coisas para se retirar quando Cláudia inusitadamente tocou sua mão.

– Espere. Eu gostaria de fazer mais uma pergunta.

– Eu acho que se nossa conversa continuar acabarei sendo rude e ofendendo-as, se já não o fiz. Isso não condiz comigo. - disse Mendes, visivelmente contrariado.

– O que significa Cláudia?

Mendes foi pego de surpresa.

– É ... ..."aquela que dá apoio". Eu preciso mesmo ir. Sejam felizes.

Dirigindo-se ao elevador, Mendes deu uma última olhada para trás e viu as garotas observando-o. Elas acenaram timidamente, e ele retribuiu da mesma forma.

Entrou no elevador pensando no verdadeiro significado do nome Cláudia: "coxa" ou "manca".

* * *

Suelen ouvia o sinal de chamada do celular, mas não se mexia. Deitada em sua cama queen size, olhava para o teto branco e sem molduras e rememorava a noite em que seduzira seu amigo Téo.

Que bosta! Porque fui fazer aquilo? Eu mereço. Eu mereço ser punida assim. Não se faz isso com um amigo. Mesmo ele sendo um traste... E agora? Como vou dizer a ele o que aconteceu? Que ideia mais idiota essa de "produção independente"! Como vou criar essa criança?

Eu não vou criar. Vou falar com o Dr. Mendes.

Vou tirar.

O sinal de chamada do celular continuava a encher o quarto. Tendo movido apenas a cabeça, Suelen olhava para a tela do aparelho, onde o nome Téo batia no cristal, querendo insistentemente ser libertado de seu confinamento. Movendo novamente a cabeça, voltou a olhar para o teto branco e sem molduras.

* * *

Hernandez desceu do avião faminto e, consultando o relógio, viu que poderia comer alguma coisa no aeroporto antes da reunião. Aproximou-se do caixa da lanchonete e aguardou sua vez de ser atendido. Quando a pessoa que estava à sua frente saiu, teve que esperar alguns instantes, pois a atendente ficou demoradamente observando aquele cliente se afastar. Finalmente conseguiu fazer contato visual, fez o seu pedido, pagou, pegou sua senha e foi sentar-se em uma das mesas da área de alimentação, coincidentemente, ao lado da mesa onde estava sentado, junto com outras pessoas, o cliente que estivera à sua frente.

Meio sem jeito, tentando não ser notado, ficou observando-o com a mesma curiosidade que a atendente teve e começou a perceber algo fora de contexto naquela figura.

Num olhar rápido parecia um rapaz comum, cabelos negros curtos, roupas largas e um pouco desajeitado. Mas num olhar mais atento, tudo nele o traía: traços bem desenhados demais, rosto muito liso, braços e mãos delicados e, sem chance de erro, dois peitinhos atrevidos insistindo em aparecer por entre os vãos das largas mangas da camisa. A campainha da senha tocou e a figura levantou-se e foi até o balcão retirar seu pedido, permitindo que Hernandez, discretamente, analisasse o conjunto; inesperadamente, ele atravessou uma cortina de luz do sol que vinha da claraboia, o que, como num raio x, revelou o contraste de seu corpo contra sua roupa: era um tesudo corpo de mulher, com as curvas e a ousadia de uma bunda bem feita!

Hernandez ficou extremamente intrigado, quase não conseguindo manter uma postura impassível; continuou observando aquele ser se deslocar de uma forma debilmente grosseira, sentar-se no seu banco com as pernas abertas e, ato contínuo, dar uma "coçada no saco", como faria qualquer peão de obra. Nada disso deveria surpreender Hernandez. Não mais. Já vira fenótipos bastantes em sua carreira para ser afetado.

Mas debaixo daquela pálida construção de homem, havia um mulherão! A campainha da senha tocou novamente e Hernandez foi até o balcão retirar seu pedido. Ao voltar para se sentar, já havia lugares disponíveis em várias mesas, o que o fez decidir-se por uma mais afastada daquele personagem, pois já estava ficando difícil disfarçar seu interesse e ele acabaria arrumando encrenca.

O grupo em que o "rapaz" estava terminou suas refeições e eles foram embora, sem que nenhum deles demonstrasse, aparentemente, importar-se com a condição daquele insólito integrante. Hernandez teve uma dúvida naquele momento, ao refletir sobre as razões de uma pessoa que poderia ser uma mulher maravilhosa, mas vivia como um homem patético.

Como pôde coçar o "saco"?...

* * *

Helena chegou à casa de Agatha pouco antes do meio-dia. O módulo de transporte autônomo a deixara defronte à suntuosa mansão da meia-irmã de Philbert. Um drone patrulheiro aproximou-se, identificou-a e comandou a abertura dos belíssimos portões da propriedade. - *Sem dúvida, com esses portões celestiais, vou ser conduzida ao paraíso!* - pensou, enquanto sentava-se num mini-veículo controlado pelo drone, que a conduziu até o hall do casarão.

Tudo naquele lugar era vertiginosamente idílico: jardins exuberantes, caminhos e gazebos ornados com belíssimas flores e pássaros livres por todos os lados. Uma esbelta senhora veio recebê-la, vestindo uma túnica branca com detalhes em renda, de um tecido leve e suave, dando a impressão de que a anfitriã flutuava ao invés de andar.

– Seja bem vinda, Helena. Lamento que tenham se passado tantos anos desde nosso último encontro. - disse Agatha estendendo os braços.

– Obrigada por me receber.

– Venha, almoce comigo no gazebo central, está um dia muito agradável.

As duas se dirigiram para uma estrutura que parecia uma tenda marroquina, localizada no jardim central, ao lado de uma réplica em mármore branco da Fontana della Barcaccia. No local havia um pequeno buffet montado com saladas, frutos, sucos, vinhos e iguarias finas.

– Excelente local para uma refeição, Agatha. - disse Helena, admirada com a beleza e serenidade do lugar. - *Philbert é tão diferente. Ninguém diria que é da nobreza. Ele bebe pingado!* - mal comparou Helena em seu íntimo.

– Este é meu universo, Helena. Eu quase não saio desta propriedade. Tenho vivido reclusa há muito tempo, praticamente desde a última vez que falei com o Philbert naquela cerimônia. - disse Agatha em tom melancólico.

– Com licença. - interveio o mordomo - Posso servi-las?

– Por gentileza, Anton. - disse Agatha, fazendo um gesto em direção à convidada.

Enquanto degustavam a finíssima culinária do chef particular de Agatha, as duas senhoras falaram apenas de amenidades. Após algum tempo, Helena sentiu que Agatha estava mais descontraída e que poderia entrar no assunto que a levara a procurá-la depois de tantos anos.

– Agatha, desculpe-me por trazer à tona lembranças indesejáveis, mas Philbert está estranho e inquieto e eu pressinto que algo está para acontecer, e pode ter a ver com o pai de vocês.

Agatha se ajeitou em sua cadeira, deu um suspiro e disse:

– Helena, sempre acompanhei você na mídia e preciso lhe dizer que só posso denominar de orgulho o que sentia quando te via naqueles lugares: *Que coragem tem essa mulher! Que jornalista excepcional!* – eu pensava. O que quer que não saiba, é chegada a hora de sabê-lo. Venha, vamos caminhar. Espaço é o que não nos falta. - disse Agatha levantando-se e estendendo-lhe a mão.

Entre orquídeas raríssimas e simples margaridas as duas se puseram em marcha, estando Agatha certa de que a beleza daquele lugar ajudaria a dissipar a feiura dos fatos a serem revelados.

– O que você sabe sobre papai? - perguntou Agatha, tomando a iniciativa.

– Sei que era um arquiteto muito conceituado; sei que era de família aristocrática; sei que era riquíssimo; sei que a mãe do Phil morreu e ele casou-se com a sua mãe logo em seguida, que também veio a morrer; e sei que não muito depois disso ele também morreu. - disse Helena de uma só vez, como se estivesse respondendo a uma chamada oral na escola.

– É tudo que sabe?

– É.

– Sabe "o quê", mas não sabe nada sobre "como" e, principalmente, o "porquê" das mortes?

– Não sei mesmo. Esse assunto incomoda muito o Phil, então, respeitei. Não xeretei.

– Achei que soubesse um pouco mais. Você está no escuro. Philbert ficou mudo esse tempo todo? Como é turrão! - exaltou-se Agatha.

– Vocês discutiram naquela cerimônia de doutorado e depois você se afastou. Ele nunca quis me dizer o motivo da discussão.

– Eu era ingênua, não sabia de nada, não desconfiava de nada, não via nada. Eu era muito protegida. Philbert me destruiu naquele dia. A mãe dele e a minha mãe suicidaram-se. A causa foi nosso pai. - disparou Agatha, sem mais rodeios.

– Duas mulheres levadas ao suicídio por um homem? - intrigou-se Helena

– Nosso pai também se suicidou. A causa foi Philbert. - disparou Agatha de novo, observando a fisionomia de Helena enrugar-se toda.

– Não entendo Agatha.

– Na cerimônia eu percebi que ele estava amargurado. Você estava entretendo os convidados e vi que ele fora para a biblioteca. Fui atrás. Ele havia se sentado na poltrona. Aproximei-me e falei que papai se orgulharia dele. Ele explodiu! Disse que papai era só "uma merda nojenta circunscrita aos esgotos da condição humana". Disse que nossas mães se mataram quando descobriram a verdade sobre ele. E, quisera eu nunca ter ouvido, me contou, palavra por palavra, o que ele disse ao papai na noite anterior ao suicídio dele.

– "Merda nojenta"? Não é o Philbert. – espantou-se Helena. Eu nunca ouvi um palavrão sequer da boca dele!

– Faz parte da promessa que fez. Depois do que me disse, ele jurou que nunca mais apresentaria qualquer comportamento que o nivelasse com o pai. Ao que parece, ele cumpriu. Disse também que eu poderia fazer o que quisesse com minha herança, mas que ele usaria a parte dele da fortuna para pesquisar e "redimir a Natureza" pelo que ele chamou de "espécie indigna". Eu sempre tive medo, Helena, porque ele represou tudo. Quando a barreira ceder...

– Quem era seu pai?

– Um dos mais dissimulados e devassos seres que já nasceram. Philbert disse que desejou que ele sofresse de transtorno de dupla personalidade, pois assim poderia dissociar o profissional, marido e pai absolutamente insuspeito do lascivo totalmente insano que ele descobriu.

– Pode me dizer o que ele disse ao pai que, ao que parece, o levou ao suicídio?

– Helena, minha querida, nossas mães, minha e de Philbert, não suportaram o que descobriram. Mas Philbert é uma rocha. Ele confrontou papai de uma forma tão horrenda que, o que quer que papai dizia para si mesmo para justificar o que fazia, desmoronou.

– Me diria o que ele disse?

– Não. Eu não conseguiria...

A brisa suave que até então alisara aquele dia deu

lugar a um vento chato e insistente. As senhoras despediram-se e Agatha ficou observando Helena ser conduzida pelo mini-veículo. Anton se aproximou e perguntou:

- Devo esperar novas visitas da senhora Helena?

- Não, Anton. Eu acho que não. Peça para fecharem os cômodos, o tempo está mudando.

* * *

Afundado no canto direito do Chesterfield marrom, o Doutor Joel balançava o pé da perna direita, cruzada com certo desleixo. Afundado no canto esquerdo, o Doutor Mendes esticava as pernas, aproveitando o layout espaçoso da mobília. No meio, o Doutor Nicolas recostara a cabeça e cruzara os braços. De sua escrivaninha, Philbert olhava para os médicos em seu gabinete, enquanto bebericava um expresso.

– Com licença? - perguntou o Doutor Hernandez, abrindo a porta depois de três leves batidinhas - Desculpe o atraso, Professor. Olá Mendes.

– Hernandez? Você falou com o Philbert? - perguntou o Doutor Mendes, surpreso.

- Falei. Eu tinha certeza de que você viria procurá-lo. Eu liguei e ele me falou que, se eu conseguisse um voo, eu poderia participar de uma reunião presencial que ele iria fazer. Bom, corri para o aeroporto, afinal, uma reunião que não pode ser holográfica deve merecer o esforço, não é? - disse Hernandez, estendendo a mão e cumprimentando os doutores. Virou-se, então, deu a volta na escrivaninha, abraçou afetuosamente Philbert, que se levantara, e falou: - Professor, que bom revê-lo.

– Igualmente, meu caro. Já faz bastante tempo que fui

Paraninfo de sua turma, não é? - disse um Philbert alegre.

– Mas Hernandez, o que o trouxe aqui? - insistiu Mendes - Eu não falei nada com ninguém.

– Eu estou com um caso HV. Quando soube pelas meninas que você também tinha um e havia viajado, eu liguei os pontos: dois casos raríssimos, numa mesma comunidade, ao mesmo tempo? A probabilidade de isso acontecer sem uma causa específica é baixíssima. - respondeu Hernandez.

– Esse é o meu garoto! - brincou Philbert, deixando claro que Hernandez havia sido um de seus pupilos favoritos.

– "Meninas", Hernandez? - intrigou-se Mendes.

– Você sabe Mendes. Kate e Gina...

Mendes bufou e disse:

– Não adianta! Mulheres não conseguem ser discretas.

– Fato. Isso me lembra a estória do peru. - disse o Doutor Joel, descruzando as pernas e inclinando-se para frente.

– Peru? - indagou o Doutor Nicolas, descruzando os braços.

– É. Tem a ver, em parte, com o contexto que nos trouxe aqui. - disse Joel, olhando para o grupo - Eu também tenho um caso HV. Aliás, eu não tenho um só, mas vários. Cinco, para ser mais preciso.

– Cinco? - espantou-se Mendes.

– Eu estou com três casos. - disse Nicolas em tom quase confessional.

Todos olharam para Philbert, que, por um momento, baixou o olhar. Nicolas emendou:

– O peru, Joel. Qual é a estória?

– É mais ou menos assim: um belo pavão, frustrado porque não voa, encontrou-se com uma fêmea de urubu, frustrada porque é horrorosa, embora voasse bem. Entre divagações e lamentações, os dois acabaram se consolando e algum tempo depois nasceu um peru, que não voa e é feio pra cacete!

Todos riram. Foi Philbert quem perguntou:

– Bom, Joel, qual é a analogia?

– É a seguinte: o Doutor Mendes mencionou que mulheres são indiscretas. Se quisermos criar um fenótipo negativo extremo, poderíamos dizer que também são fúteis, afetadas, invejosas, rancorosas, tagarelas, xeretas, instáveis, etc. Do mesmo modo, num fenótipo negativo extremo de homens diríamos que são desleixados, promíscuos, distraídos, dissimulados, grosseiros, violentos, dominadores, egocêntricos, etc. Meu caso mais recente de HV veio de um casal gay, a quem atendi para viabilizar um filho. Vocês sabem que, por lei, não posso me recusar. Mas a figura com quem tive de lidar, chamada Anderson, é por demais estereotipada. É um homem que, na tentativa de existir como mulher, parece ter juntado as piores características dos dois lados, ou seja, é indiscreto, fútil, afetado, tagarela e instável, além de desleixado, promíscuo, grosseiro e egocêntrico. É um "peru"! - exclamou o doutor, inconformado - E isso parece ser uma constante nos homossexuais que tenho atendido.

– Meus caros, coincidentemente, antes de vir para cá, fui forçado a fazer uma reflexão sobre isso. - disse Hernandez - Observei uma "proto-caminhoneira" na lanchonete do aeroporto. Com certeza ela estava apenas no início de sua transformação, pois, apesar de estar se esforçando para parecer desleixada, estava longe de ostentar o barrigão caindo pra fora da calça, típico das mais "incorporadas". Pra ser sincero, era gostosa pra cacete! Mas ela coçou o "saco"!

–Vejo isso com frequência. É mais ou menos um "efeito ideomotor". Influência da sugestão sobre movimentos corporais involuntários e inconscientes. Ela se convenceu tão incisivamente de que é um macho, que reproduz automaticamente os maneirismos deste. Não por acaso, um gesto grosseiro. O "peru", de novo. - disse Joel.

– Pois eu topei com duas deusas se esfregando no hotel. Verdadeiras crianças, inconsequentes quanto às suas vidas. Mas acho que perdi meu tempo argumentando com elas. Se está cada vez mais comum ver documentos de crianças sem identificação do sexo, para que decidam seu "gênero" quando crescerem, o que se há de fazer? E tem lei amparando isso! A coisa toda está fora de controle. - disse Mendes desanimado.

– Prezados, - ponderou Nicolas - Tomás de Aquino afirmou, no século XIII, que "Uma lei que discorda da lei natural, já não será lei, mas corrupção de lei". A "coisa", Mendes, é bem pior do que pensamos, e é muito abrangente.

"Há crianças de 11, 12 anos postando vídeos na internet, exaltando o fato de terem "dado" para quatro, cinco meninos da escola num mesmo dia... há adolescentes de 13, 14 anos ensinando como fazer sexo anal e explicando que já fizeram "umas três ou quatro vezes" na última semana... moleques, quando não homens adultos, mandando fotos de seus pênis para as meninas e recebendo vídeos delas rebolando de calcinha, às vezes nuas... nunca antes em sua história a mulher foi tão "carne" quanto nestes tempos de "liberdade e igualdade dos sexos", residindo o espanto no fato de que agora ela própria tem se pendurado na vitrine, numa oferta gratuita... a "primeira vez" agora é gravada e postada para avaliação de colegas e, por pulverização, do mundo...

"Garotas leiloam sua virgindade em sites de comércio eletrônico... São crianças, prezados, crianças... A Mídia está massacrando os pais, que estão impotentes. E a Mídia a que me refiro é a confraria organizada para estabelecer o hedonismo como padrão de comportamento. É só observar alguns dos que a controlam: Jann Wenner, Rich Ross, Barry Diller, David Geffen, Tim Cook, Giorgio Armani... homossexuais... aliás, as grandes maisons de alta costura, não por acaso, dedicaram-se a destruir a beleza natural da mulher, transformando-as em verdadeiros "cabides de roupas", esquálidos e pontudos.

"É o lado invejoso e rancoroso do seu "peru", Joel, agindo para desconstruir e menosprezar aquilo com que têm que competir. A classe artística, com toda a sua capacidade de disseminação, se apressa em adotar tudo que vem embalado como "über" pelos maquiavélicos maestros do mundo, já que seu egocentrismo exige que estejam sempre no centro das atenções, e com isso, pessoas antes admiráveis escorregam para uma anoréxica, libertina e indigna popularidade.

"Como pode um cantor casado com uma mulher por quase 30 anos, que canta em suas músicas que não adianta fingir pra si mesmo, de repente aparecer com um marido? Ou ele viveu uma mentira a vida toda, ou ele trocou sua decência por mais alguns anos como celebridade; em qualquer dos casos, é trágico.

"E tenho certeza de que todos vocês, como médicos, mandariam 99% das manequins e modelos de hoje, das passarelas e outdoors para o hospital, tomar um soro." - as três cabeças balançaram afirmativamente. Percebendo que Philbert não esboçara nenhum gesto, Nicolas perguntou: - O que acha Professor?

Philbert hesitou por um momento.

– Meus caros, - respondeu finalmente - antigamente, se quisesse xingar alguém, bastava mandá-lo "tomar no cú"; hoje fazem passeata pelo "direito" de "tomar no cú". - Philbert percebeu a expressão de surpresa no rosto dos médicos diante de seu linguajar, mas não se justificou e continuou - A narcisa mulher de hoje não só se pendura na vitrine como um pedaço de carne; também se exibe musculosamente como um brucutu com peitos sintéticos e bunda dura. E tudo isso está tendo um preço. Apenas nesta sala temos a notificação de 10 casos de HV. O que isso lhes diz?

– É um surto! - apressou-se Joel.

– Concordo. - disse Mendes. Dez casos em nosso estado já caracterizaria isso.

– Não sei Professor. Realmente não sei o que pensar. Acho que pode ser uma espécie de epidemia. Tenho amigos que me confidenciaram que também têm casos, e eles são de diversas regiões. - argumentou Nicolas.

Philbert olhou os colegas, mediu suas palavras e disse:

– Por hora, posso adiantar que o termo pandemia seria mais adequado.

– Está ocorrendo no planeta inteiro? - exclamou Hernandez - Putz!

– Philbert, em primeiro lugar, você bem sabe que a etiopatogenia do HV é desconhecida. Nunca soubemos a causa. Nunca identificamos conexão com qualquer patógeno primário ou sequer secundário, e nem mesmo há uma razão para acreditarmos que algum fator ambiental tenha influência. Então, como pode estar havendo um aumento de casos a nível global? E porque a Federação está abafando a coisa e não está tomando atitude nenhuma? - perguntou Joel.

– A Federação tomou uma atitude. Eles me fizeram uma consulta e eu lhes disse que posso explicar o que está acontecendo, mas só o farei em um evento abrangente. Por isso aceitei falar com vocês. Eu os incluí na lista dos convidados, para que presenciem tudo. Não gostaria que ficassem perdidos na enxurrada de especulações que se seguirá.

– Mas Professor, porque o mistério? Não pode simplesmente nos dizer o que está acontecendo? Devemos tomar alguma atitude? É possível conter isso? - inquiriu um Hernandez aflito.

– Não. - afirmou Philbert - Eu lamento. Não há o que fazer, e não posso adiantar mais nada. Não faltem à palestra. E, haja o que houver, eu lhes peço: não me interrompam e não tentem me defender. E permaneçam até o fim.

* * *

Suelen aguardava impacientemente na recepção do consultório do Doutor Mendes. Havia dias que tentava falar com ele, sem sucesso. A secretária garantira que ele viria naquele dia. Mesmo sem consulta marcada, ela resolveu esperar. Quando ele entrou, ela o agarrou pelos braços e ordenou:

– Doutor, o senhor tem que me atender agora!

Mendes surpreendeu-se com a postura dela, mas fez sinal afirmativo com a cabeça e, olhando para sua secretária, disse:

– Cléo, bom dia. Por gentileza, cancele todos os meus atendimentos da próxima semana, inclusive minha escala no posto de saúde. E verifique como estão os hotéis e os voos para a capital na segunda-feira. Haverá uma palestra do Professor Philbert e eu não posso perder em hipótese alguma, ok?

– Sim, Doutor. Eu já lhe passo as informações. – respondeu ela, sempre eficiente, como não se via mais.

Mendes abriu a porta de seu consultório e fez sinal para que Suelen entrasse primeiro. Ela dirigiu-se à cadeira defronte a mesa de trabalho dele e aguardou que ele desse a volta e se sentasse.

– Eu quero tirar! - disse ela decidida - Esse bebê é uma aberração! E não me diga que eu mereço. O fato de eu querer ter um filho sozinha não é pecado! Não é!

Suelen destampou a chorar.

Mendes ficou um tempo olhando a cena, até que disse:

– Você tinha me contado que um amigo seu havia concordado em ajudar você a realizar seu sonho de ser mãe, mas que ele não queria a responsabilidade de ser pai, não é isso?

– Não, droga! Eu menti! É meu amigo, sim, mas eu seduzi ele. Ele é lin-do! Eu amo ele! Mas ele é um "galinha"! Não dá pra ter um relacionamento sério com ele, o desgraçado adora dizer que "homem rouba o primeiro beijo, conquista o segundo, recebe o terceiro e SUPORTA OS DEMAIS"! - berrou ela - Eu ODEIO ELE!

Mendes suspirou.

– Suelen, ele sabe que é o pai?

– Não! Quer dizer, acho que não. Acho que ele está desconfiado...

– Conte a ele. Uma criança muda tudo.

– SE FOSSE NORMAL! - berrou novamente Suelen.

Mendes não respondeu. Veio-lhe à mente a pandemia de Philbert. Falou sem pensar:

– Talvez tenhamos que rever esse conceito.

– Que conceito, doutor, que conceito? - disse ela aos prantos.

– Talvez esta criança venha a ser mais normal do que pensamos...

– Eu tenho o direito de escolha. Eu quero tirar!

– Eu sinto muito, Suelen, eu não faço isso.

– Vou achar quem faz. - disse ela levantando-se bruscamente.

– Posso lhe dizer uma coisa?

– Diz.

– A questão do aborto é muito pessoal. Alguns são pró-vida, outros são pró-escolha. Mas, no fim, é a sua consciência. Quem viverá com a decisão, seja ela qual for, é você. Só você.

– E o que o senhor é?

– Sou os dois. Há casos e casos.

– Então porque não faz o meu aborto? Não está do lado da mulher? O corpo é meu, a escolha é minha. Não é com isso que concorda?

– Me deixe explicar. Acredito que o direito de escolha da mulher recai sobre engravidar ou não. Essa é a escolha. Os meios para isso estão plenamente disponíveis. É seu corpo, se não quiser usá-lo em todo o seu potencial, é seu direito. Mas se optou por não se proteger de alguma forma, então assumiu o risco de gerar uma vida. Sua escolha já foi feita, arque com ela. No seu caso, lamento dizer, você quis engravidar. No seu caso, meu posicionamento é pró-vida.

Fale com ele. Talvez você se surpreenda.

– Doutor, depois da nossa transa, ele disse que eu seria a mulher ideal se parasse de falar e virasse uma PIZZA! EU QUERO QUE ELE MORRA! - Suelen aos berros, outra vez.

Mendes ficou olhando Suelen sair pisando duro e batendo a porta. Um sentimento de comiseração invadiu-o, junto com um pensamento:

Ele é imaturo, Suelen... você escolheu mal... escolheu com base na vaidade... na efêmera vaidade...

* * *

Philbert e Helena chegaram à recepção do concorrido restaurante francês por volta das 19 horas. O maître exibiu um largo sorriso ao recebê-los e os encaminhou à mesa reservada de costume, na varanda; o casal era habitué. O sommelier apresentou a carta de vinhos apenas como parte do ritual, pois já esperava o pedido: um Sauternes tradicional de semillon, de Bourdeaux, para acompanhar um foie gras d'oie, mi-cuit. Helena gostava dessa sofisticação. Philbert não ligava muito. Um bifão cairia muito bem. Seu sangue aristocrata há tempos estava tão diluído que nenhum azul seria encontrado, mesmo se procurado com afinco. Helena não era esnobe, longe disso, mas adorava "um certo requinte", um certo refinamento nos modos da élite, que, para sua frustração, nunca alcançava.

Ai, ai... como são elegantes... acho que nunca vou conseguir deixar de ser uma jornalista xereta e estabanada e chegar nesse nível...

Philbert estava distraído com o cardápio, ao mesmo tempo em que cutucava seu ganso. Helena saiu da divagação e arriscou:

– Estive com Agatha. Fui a casa dela... se é que se pode chamar aquele paaaláááciiiooo de casa. – jogou a isca e esperou. Philbert mordeu.

– O quê a fez procurar a Agatha, depois de tanto tempo? – disse ele, olhando por cima do menu.

– Sua recente esquisitice.

– E...

– Ela me contou sobre seu pai.

Philbert baixou o cardápio, colocou-o na mesa, dispôs os talheres ao lado do prato e disse calmamente:

– Ok. Vamos lá. O que quer saber?

– Ela disse tudo. Não preciso dos detalhes. Quem sou eu para julgar algo que sequer presenciei? Mas uma coisa apertou meu botãozinho de "xeretice": o quê você disse de tão grave a seu pai?

– Não é "o quê" eu disse, mas "como" eu disse. Mamãe havia encontrado fotos das orgias e cartas obscenas dos amantes dele. Antes de se suicidar, ela escreveu uma carta e escondeu tudo no sótão da mansão onde vivíamos. Eu tinha 5 anos. Ele se casou de novo no ano seguinte. Agatha nasceu quando eu tinha 10 anos. Ana - mãe de Agatha e minha madrasta - se parecia muito com mamãe.

"Tínhamos uma vida normal, apesar do ocorrido. Então, em 1966, houve uma tempestade que destelhou boa parte da casa e para que fossem feitos os reparos, as coisas foram retiradas. Ana estava organizando tudo e se deparou com um baú trancado, sem chave. Arrombou-o e encontrou o material. Não se pode saber se ela pulou da torre do sótão, ou se passou mal com o que encontrara e caiu. De qualquer forma, fui eu quem chegou primeiro ao sótão.

"Eu vi o baú e o escondi. Eu não entendia aquilo, eu era um adolescente. Li a carta que mamãe escreveu e fiquei cozinhando aquelas palavras. Passei a olhar meu pai de outra forma. Minha admiração foi se esvanecendo quanto mais eu percebia, nas entrelinhas e nos detalhes, a aberração que ele realmente era. Quando finalmente me senti homem para confrontá-lo, eu tinha 20 anos e estava com muito ódio. Então, eu disse o que disse. Não havia outra forma de fazê-lo enxergar no que havia se transformado."

– Me diria?

– Provavelmente vou ter que repetir aquelas palavras amanhã. Às 21 horas, no teatro principal do Centro de Eventos, eu farei uma palestra que responderá a todas as perguntas. Eu planejava avisá-la sobre isso em cima da hora, para que você cogitasse não ir. Acredite, não será uma coisa edificante. Será tóxico.

– Porque dirá a uma plateia de estranhos o que disse a seu pai?

– Porque o que meu pai era está no âmago do que nos tornamos e, de uma forma esdrúxula, do que nos tornaremos.

– Phil...

– Helena, percorrerei uma longa estrada para chegar ao destino que todos terão que encarar. É impossível explicar aqui. Deixo para você a decisão de ir ao evento.

– Vai explicar o "xeque mate" da Natureza?

– Vou.

– Explica agora para mim.

Philbert hesitou. Beliscou o ganso e disse:

– Deixe-me fazer uma pergunta a você, já que pouco falamos sobre assuntos científicos, por culpa minha, eu reconheço: quem "vê", o olho ou o cérebro?

– Ah! É capciosa, não é? O olho capta a luz e as imagens e o cérebro processa tudo e monta o painel. Não é isso?

– Quase. Na verdade, o olho capta a luz refletida pelas coisas e a converte em impulsos elétricos, que o cérebro processa para criar as imagens. Sem um olho e/ou um cérebro, não seria possível "ver", não é?

– É.

– Então, organismos unicelulares não "vêm", já que não possuem nem olhos, nem cérebro, certo?

– ...

– Coloque uma fonte de luz perto de uma colônia de bactérias e elas se dirigirão a ela. Chama-se fototaxia. Seus corpos agem como lentes, que refratam a luz em um ponto localizado no outro lado da célula, provocando o movimento, a partir do local interno focado, em direção à fonte de luz. É um "equipamento diferente", um mecanismo automático das bactérias, que ocorre por causa da forma esférica da sua superfície, e atende à sua função. Mas isso é "ver"?

– De certa forma... se perceberam algo e se dirigiram até esse algo, então o "viram"! - filosofou Helena.

– Vamos complicar um pouco, então. Existe vida após a morte? - surpreendeu Philbert.

– Espero que sim... com 74 anos... - ironizou Helena, sempre bem humorada.

– Como diria que as pessoas irão enxergar, após suas mortes, sem o concurso de seus olhos e cérebros? - desafiou ele.

Helena ficou perplexa. Em todos esses anos de colóquios, nunca especulara sobre isso.

– Não imagino Phil. Aliás, seu danado, agora vou ficar encucada!

– Desde que foi concebido, seu organismo produz um padrão, ou, se preferir, uma frequência única de energia. Do momento em que se tornou autoconsciente pra frente, passou a desenvolver uma "identidade energética", que nunca se dissipará; ao contrário, irá sempre se manter aglomerada, por afinidade vibracional.

"Tudo o que você vivenciou e aprendeu, todo o conhecimento que adquiriu, está tudo lá, no "aglomerado energético Helena". Quando seu cérebro se desligar, ele se desprenderá e existirá no fluido cósmico. Menos de 5% do universo é matéria. Você é eterna."

– Que alívio! Mas não entendi nada. Como vou ver?

– Pegue seu celular, Helena. - disse Philbert, fazendo um gesto indicando a bolsa dela.

– Ok. E agora?

– Baixe um vídeo de música. Radiohead, de preferência...

Helena fuçou um pouco no aparelho e, quando obteve o vídeo, virou-o para Philbert:

– Tá aí, ó. O que tem a ver com a conversa?

– Interessante... "House of Cards"... excelente escolha. E propícia. Veja como tudo se esvai... Diga-me, o que é isso que você está vendo? De onde vem?

– Estou vendo imagens e ouvindo sons. Vieram do ar.

– Vieram no ar. Energia transportada por ondas de rádio. Partículas atômicas. Este vídeo está nelas. O "aglomerado energético Helena" poderá captá-lo, assim como toda a vibração ao seu redor. E tudo vibra, até mesmo a matéria mais inerte. Você perceberá o mundo, Helena. Você só utilizará um equipamento diferente...

– E qual é o "xeque mate" da Natureza, afinal?

– Gosto desta mesa, nesta varanda, porque posso olhar para este lindo jardim. Transmite paz, não é? Mas na verdade, há muita morte acontecendo ali, neste exato instante. Nós, humanos, nos desconectamos tanto da natureza que deixamos de senti-la. Os "aglomerados energéticos" humanos não chegarão a ser tão cristalinos quanto um dia poderiam ser. Estamos fora do grande jogo. Vamos comer, estou com fome.

A PALESTRA

Philbert subiu ao palco do teatro às 21 horas em ponto. Posicionou-se no centro, em pé, ao lado de sua estimada poltrona Eames, que pedira para ser trazida de sua residência, e ficou olhando a multidão de convidados que lotava o lugar, aplaudindo-o efusivamente.

Interessante isso. - pensou - *Estou num palco, embora não seja um artista; não divirto ninguém; não represento. E me recebem como se eu fosse uma celebridade. O que será que esperam esses rostos? São muitos rostos... muitos... ... ...haverá pedófilos entre eles? viciados? alcoólatras? estupradores? pervertidos? Talvez algum assassino? Algum marido que espanca a mulher? Alguma mulher espancada? Serão muitos os hipócritas sentados nesta plateia?... ... ...com certeza... ... ... Será que os artistas pensam nisso quando estão no palco? Como será que se sentem sabendo que existem verdadeiros monstros na multidão, aos quais divertem em troca de dinheiro?* – o semblante de Philbert estava sério, indiferente ao entusiasmo do público – *Jornalistas, cientistas, médicos, advogados, políticos, empresários, artistas... A Federação escolheu a dedo...*

Cessados os aplausos, Philbert sentou-se em sua

poltrona, cruzou as pernas e pegou o microfone.

– Obrigado pela recepção. Boa noite a todos. - sua voz era segura, apesar de ligeiramente rouca e levemente trêmula por conta de sua velhice - Espero que me perdoem por ficar sentado, mas na minha idade é necessário. Esta poltrona conhece todos os meus contornos; posso ficar algumas horas nela sem travar, por isso ela está aqui; é velha, mas ainda é útil.

"Gosto de pensar que sou como ela. - toda a plateia sorriu gentilmente - Reparo que vocês também estão muito bem acomodados. Pedi à Federação que reservasse especificamente este teatro, por causa de suas poltronas, amplas, macias e com bom espaço para as pernas. E independente do lugar, todos tem uma boa visão do palco. Hoje, embora imaginem o contrário, não vim para ser homenageado.

"Não se confisca os celulares dos convidados numa homenagem. Vocês logo entenderão porque isso teve que ser feito. Meus quase sessenta anos de pesquisas me trouxeram aqui, infelizmente não como vencedor, mas como vencido. O ocaso de nossa espécie está diante de nós e este evento foi organizado para que eu pudesse explicá-lo. Não evitá-lo. Explicá-lo.

"Assim, independentemente do que ouvirem, permaneçam até o fim. Não importa se discordarem, se sentirem-se ofendidos, se horrorizarem-se. Alguns termos que usarei não são dignos de um cientista, mas os usarei mesmo assim, porque entendi que há circunstâncias em que não há outra forma de dizer o que precisa ser dito, que não a que choca.

"Fiz isso uma única vez na vida e as consequências foram terríveis... ... ... - Philbert pareceu divagar – Infelizmente, acho que isso irá se repetir... Os que me conhecem bem, não me reconhecerão... – uma inquietação ameaçou começar no ar e Philbert percebeu - Ouçam até o fim. É necessário."

A FORMA SEGUE A FUNÇÃO

A frase surgira no telão posicionado atrás de Philbert, por um comando seu. A plateia ficou em silêncio total, entendendo que o ancião iniciara sua argumentação.

– Graças ao Sullivan, a arquitetura repousou sobre o bom senso e vocês estão confortáveis. Uma cadeira serve para sentar, não faz sentido que, apenas para ser bonita, acabe desconfortável.

Philbert fez uma pausa, se preparando para suas próximas palavras.

– Meu pai era arquiteto.

Nova pausa.

– Prezava a beleza, os ornamentos, a suntuosidade. Por ser aristocrata, era afeto ao luxo, não importando se o excesso de coisas embotava o ambiente. Mas o que arquitetura tem a ver com este evento? Afinal, porque estão aqui? O convite foi feito pela Federação Internacional das Sociedades de Teratologia. Eu sou um pesquisador em Teratologia. A Teratologia é a arquitetura biológica que deu errado.

MONSTROS

– Anomalias congênitas. Desculpem meu telão medieval. Preciso dizer-lhes nòvamente que hoje deixarei de lado a polidez. A circunstância me obriga a ser o mais direto possível, e isso irá deixar muitos desconfortáveis, apesar das poltronas. As anomalias congênitas são a segunda principal causa de morte em recém-nascidos e crianças menores de cinco anos - em primeiro lugar está a prematuridade, e é por isso que hoje temos uma Federação Internacional de Sociedades dedicada ao assunto. Quero antecipadamente isentar a Federação de qualquer responsabilidade decorrente do que vão ouvir esta noite. A Federação não sabe o que vou dizer; foi uma imposição minha que a resposta à consulta que me fizeram fosse feita publicamente, na presença de uma comunidade intelectual internacional e de diversas áreas.

Manuel D'Ávila, Presidente da Federação, estava sentado na última poltrona da décima fileira, à direita do palco e à esquerda de Philbert. Na reunião holográfica ocorrida após Philbert ter recebido o envelope, ele dera "carta branca" ao cientista. Seu semblante era tenso.

– A Teratologia estuda o "anormal". - prosseguiu Philbert - Mas para se classificar algo como anormal, é preciso um consenso sobre o que é normal. E isso tem sido cada vez mais difícil. Nem toda anomalia é fatal, ou sequer visível.

> "Pensamos que a ciência é objetiva. A ciência é modelada pela sociedade porque é uma atividade humana produtiva, que exige tempo e dinheiro, pois está guiada e dirigida por essas forças que exercem no mundo o controle sobre o dinheiro e sobre o tempo. As forças sociais e econômicas determinam em grande medida o que a ciência faz e como faz."

- A frase que leem no telão é do geneticista italiano Luigi Luca Cavalli-Sforza. Ele escreveu "Quem Somos? - História da Diversidade Humana", e teve muita dificuldade de realizar seu estudo. Dá pra entender por que: basicamente, ele disse que não existem raças, pois nossas diferenças genéticas não justificam esse conceito. Porém, na miscelânea humana, alguns não gostam de seus primos. Para um racista, o que está lá nas células pouco importa; ele odeia o que ele vê. Racismo e Sexismo sempre andaram de mãos dadas. E hoje, assim como a crença em raças está na berlinda, o mundo está acreditando que também não existe sexo. E é por isso que estamos aqui; de tanto afirmarmos, a Natureza concordou.

Houve um burburinho geral no teatro, que cessou quando o telão exibiu uma imagem[1]:

– Estas são crianças da atual Melanésia, região da Oceania que inclui as ilhas Salomão, Fiji e outras. Curiosamente, tem pele escura e cabelos loiros; é característico deles, não é tintura. As primeiras tribos nesta região, a cerca de 10 mil anos, submetiam seus meninos a uma relação homossexual com um adulto para que aqueles pudessem ter o sêmen, que consideravam sagrado e acreditavam não ser natural do corpo.

– Este é Hamurabi[2], sexto rei da primeira dinastia babilônica. Por volta de 1.700 a.c. outorgou um conjunto de leis, dentre as quais algumas que autorizavam relações homossexuais com sacerdotes. Cenas esculpidas nos muros de uma cripta em Saqqara, próxima de Cairo, no Egito, com cerca de 4.500 anos, sugerem uma relação duvidosa...

– Professor, pode adiantar aonde quer chegar? Fomos convidados para um evento em sua homenagem, mas isso parece realmente não ser o caso! - interrompeu levantando-se Carmine, jornalista especializado em coberturas científicas, sob o olhar de todos.

– É verdade, Carmine; como eu disse, isto não é uma homenagem. É um anúncio. E não foi divulgado como tal para não fomentar especulações. Para que entendam o que está acontecendo e a consequência para o futuro, eu precisarei visitar alguns cenários. Acredite, você terá muita matéria para seu jornal.

Philbert conhecia Carmine há décadas. Sempre impertinente, mas verdadeiro e confiável.

– O que quer dizer com "a Natureza concordou que não existe sexo"? – insistiu Carmine.

Philbert suspirou. Sabia que seria insistentemente interrompido.

– A seu tempo, Carmine, a seu tempo... Este é Sócrates[3], um dos ídolos dos amantes da sabedoria da antiga Grécia. "A virtude é um conhecimento", teria dito ele; na civilizada e sábia sociedade escravocrata ateniense da antiguidade, a pederastia era uma virtude e, em nome dos ideais virtuosos da masculinidade, filósofos adultos curravam crianças como parte da educação e formação ética delas, ato devidamente abençoado pelos pais, que ansiavam pela honraria.

"Acredito que os currados também ansiavam, mas em antagônica interpretação: nauseavam. De qualquer forma, penso que ninguém perguntava a eles o que achavam. Notem que isso, na época, era "normal". Precisamos ter muito cuidado com o "normal". Assim, Anaxágoras fodeu Arquelau, que fodeu Sócrates, que fodeu Platão, que fodeu Aristóteles, que fodeu Alexandre, O Grande, que, compreensivelmente, fodeu todo o mundo antigo." - havia uma ironia carregada na voz de Philbert.

– Philbert! O quê está acontecendo? - levantou-se indignado Manuel D'Ávila, o Presidente da Federação - Você está bem?

Todos olharam para Manuel e, ato contínuo, olharam para Philbert, que esboçou um sorriso.

Hehehehehe... isso foi engraçado. Pareceu a arquibancada de uma partida de tênis...

– Estou bem, Manuel, está tudo bem... ... ... eu avisei. Desculpe, mas vai ficar pior.

Manuel sentou-se, visivelmente contrariado. Já se arrependera de ter dado carta branca a Philbert. - *Pior?... ... mas ninguém ousará me criticar... afinal, trata-se de Philbert, "O" expert na área, renomado e respeitado nos meios acadêmicos. E um ancião! ... espero que não tenha enlouquecido...* - desesperou-se Manuel.

– Homossexualismo sempre existiu, - continuou Philbert, observando o comportamento da plateia - seja na espécie humana, seja em qualquer outra espécie. Na sociedade, eventualmente ocorreu por ignorância, convenção religiosa, interesse social.

"Nada disso me interessa. Apenas a ocorrência do homossexualismo natural me interessa. Alguns podem estar fazendo caretas por não gostarem do sufixo "ismo" do termo, já que, dentre outras coisas, denota doença. Infelizmente os filhos de Frankfurt pariram tantas aberrações filosóficas que acabaram por gerar, via teorias "críticas", "desconstrutivistas", "relativistas", etc., um monstro medonho, uma farsa cancerígena nominada de "politicamente correto", que massacra as pobres palavras, culpando-as de uma polêmica que, sem saber, os inocentes símbolos gráficos acabam por levantar.

"Talvez os experts devam reavaliar outros termos também, pois seria preciso curar os doentes de "machismo", "capitalismo", etc. Mas não vim falar disso, isso me aborrece. O sufixo "ismo", de origem grega, exprime, dentre outras, a ideia de fenômeno linguístico, sistema político, religião, esporte, ideologia e também doença. Mas, ok; chamaremos de homossexualidade, já que ninguém acometido de "homossexualismo" tem febre, pústulas, coceiras, dores, etc., por causa disso, como é de se esperar de uma doença. Então vamos afastar a ideia de doença. Não é doença, tá? - alguns riram; a maioria não. Philbert continuou - Outros estão me olhando estranho por causa do adjetivo "natural". Sim, é natural. Ocorre com regularidade, embora, até algumas décadas atrás, nunca tenha passado de pontos de desvio nos limites da carta de controle do processo de produção da Natureza. E, zelosa que é, ela (a Natureza) observa e acompanha essa "excentricidade" no seu sistema."

Philbert descruzou as pernas, tomou um gole de água, esperou um momento para a plateia digerir sua última frase e prosseguiu.

– Não é doença, mas é uma anomalia. É natural, mas não é normal.

Um intenso burburinho reverberou pelo cômodo e uma voz já conhecida se elevou.

– Philbert, você está confundindo todo mundo! Esclareça, por favor! - Inquietou-se Manuel, a essa altura já pensando em interromper o evento.

SEXO: conjunto de características estruturais e funcionais segundo os quais um ser vivo é classificado como macho ou fêmea.

A frase no telão fixou a atenção do teatro. A palavra "sexo" tem esse poder. Manuel encolheu-se na poltrona. Aquilo começava a ficar abrangente demais e significava que Philbert não estava brincando.

– É com as consequências disso que está preocupado, Manuel? - disse Philbert olhando-o firmemente - O que preciso comunicar deve ser compreendido, e isso só acontecerá se percorrerem o caminho comigo.

Carmine estava sentado ao lado de Alberto, famoso advogado de "minorias", especializado em casos envolvendo danos morais, conhecido de Philbert.

– Prezado, conheço Philbert há um bom tempo; - disse Alberto para Carmine, inclinando-se em sua direção - ele está pisando em campo minado...

Carmine, embora não fosse colega de Alberto, o conhecia da mídia. Comentou reservadamente:

– Eu conheço bem o Philbert. Não há no mundo pessoa mais reservada. O que está acontecendo aqui hoje é surreal. Acredite, ele deve ter um bom motivo para fazer isso. Ninguém arrisca a carreira de uma vida inteira, se a alternativa não for entrar para a História.

– Se me permitem... ... ... - a atenção de todos voltou à Philbert, que continuou - durante a gestação, enquanto o organismo é "construído" segundo as instruções da Natureza, em um momento preciso ocorrem descargas de hormônios específicos que irão determinar a formação do sistema reprodutor/genital; em outro momento distinto, ocorrem novas descargas hormonais, que agora irão determinar a identidade sexual do organismo, sendo que estas novas descargas podem, inclusive, ocorrer tardiamente, após o nascimento; ou seja, êsses eventos hormonais não ocorrem simultaneamente.

"Qualquer desvio nessa "linha de montagem", por menor que seja, resultará em uma anomalia. O momento, as dosagens e os tipos de hormônios liberados no processo de "construção" do organismo determinarão sua harmonia. Desordens hormonais mais ou menos intensas resultarão em homossexualidade em maior ou menor grau, com maior ou menor atração/repulsão pelo sexo oposto.

"Num exemplo de desvio severo, um organismo recebe uma liberação de hormônios em um momento da gestação, que determina a construção de órgãos genitais masculinos e, em outro momento, é inundado com hormônios destinados à formação de um ser feminino; o resultado será um organismo transexual, cuja identidade sexual é incompatível com seu corpo físico: um ser desarmônico, desde o nascimento. Inocente de sua condição. Ênfase em inocente.

"Assim, os desvios na "fabricação" de organismos são comuns, frequentes, sempre ocorreram e decorrem da complexidade do processo, que está sujeito a infinitas variáveis, o que torna improvável que não ocorram. São naturais, mas não são normais, são desvios."

– Pô, Philbert, chega de jogo de palavras. O quê é normal pra você? - levantou-se Alberto, o renomado advogado, claramente tentando cavar um buraco para sepultar Philbert e colher alguns louros por isso.

O telão se repetiu.

A FORMA SEGUE A FUNÇÃO

– Não interessa o que é normal para mim, e sim o que é normal para a Natureza. Leiam de novo a frase. Um pênis foi projetado para ser introduzido numa vagina, e esta foi projetada para recebê-lo. Houve uma engenharia absurdamente complexa para que estes órgãos chegassem a ser o que são.

"Algum de vocês já parou pra pensar na inacreditável transformação que ocorre no corpo da fêmea para gerar um filho e dar à luz? Acham que tamanha complexidade pode ser posta de lado pela mulher para que possa usar sua vagina apenas para ficar enfiando coisas e "colando o velcro"?

"Nossa sociedade desdenhou do esforço da Natureza. Isso não fica impune."

Alberto já estava com o dedo em riste, pronto para vociferar, quando congelou ao ver a figura de karl Marx[4] pairando sobre Philbert. A plateia ficou como que hipnotizada, deixando de lado, ao menos por enquanto, a grosseria do palestrante. A súbita aparição de uma imagem tão icônica e tão deslocada no debate chocou a todos, só lhes restando manterem-se sentados para ver aonde aquilo tudo ia dar.

– Tenho certeza – continuou Philbert - de que não há uma só pessoa neste recinto que não conheça este homem. Ele está aqui porque está envolvido nas três revoluções que nos condenaram.

Todos olhavam para o telão.

Condenaram...?

– A Revolução Industrial[5]. Antes dela o homem não passava de uma pulga incômoda que aborrecia o meio ambiente de forma localizada. Com as fábricas, passamos a contaminar e destruir em escala global.

"Nossa ignorância quanto à complexidade dos sistemas do planeta nos levou a despejar todo tipo de resíduo em nossos quintais e nossa ignorância quanto às interações químicas dos compostos de nossos novos produtos nos levou a colocar dentro de nossas casas todo tipo de veneno.

"Rebanhos essencialmente herbívoros alimentados com ração contendo farinha de carne e ossos... Granjas "bombando" aves com hormônios para acelerar o crescimento... Plantas geneticamente modificadas para maior produtividade... ... ... e a fome continua a sentar-se à mesa...

Lençóis freáticos contaminados com agrotóxicos acariciando hortas orgulhosas de seus títulos "orgânicos". Cimento amianto altamente cancerígeno em caixas d'água e telhados, alumínio extremamente neurotóxico em latas e panelas, tintas com chumbo.

"No século passado, acabamos sitiados pelas coisas que criamos. Nossa extrema preguiça pediu embalagens para tudo. E chegamos à maravilha dos laboratórios:

polímeros sintéticos, plásticos[6] com Bisphenol-A em incontáveis recipientes, de mamadeiras a potinhos que acondicionam uma infinidade de mantimentos. Este composto é particularmente interessante, pois está presente em quase tudo que nos cerca e provoca desequilíbrios hormonais com alterações reprodutiva e comportamental em homens e mulheres, já que, no organismo humano, tanto adulto quanto infantil, é bioidêntico ao hormônio feminino estrogênio. Os interesses econômicos nunca permitiram a sua total eliminação (lembrem-se do Luigi), e ele segue nos contaminando, homeopaticamente, sem pressa.

"Assim, a Revolução Industrial nos legou confortos assassinos e degenerativos, que deram início, no que concerne à homossexualidade, a extrapolação dos pontos de desvio nos limites da carta de controle do processo de produção da Natureza. Mais claramente: as anomalias começaram a ficar estatisticamente incômodas."

– Professor, desculpe interrompê-lo. Poderia ser mais específico sobre Marx? - indagou a Doutora Maria Consuelo, pesquisadora da FFEC - Fundação para Fomento da Educação e da Ciência, ex-aluna de Philbert.

– Maria, é uma satisfação vê-la aqui. - disse Philbert carinhosamente - Marx tem um papel no desfecho disso tudo, você verá. Com a Revolução Industrial, de invenção em invenção a aristocracia foi sendo moída pela burguesia, que, numa competição desenfreada para prevalecer uns sobre os outros, também moeu o povo.

"Com as condições desumanas das fábricas, Marx se dedicou a encontrar a raiz do mal e, sob uma ótica distorcida pela crueza do momento histórico, julgou ter encontrado seu vilão, o causador de todas as mazelas da sociedade: a propriedade privada, que, para seu tormento, estava escorada na família, já que, desde sempre, amealha-se em vida para legar-se aos descendentes.

"Assim, marxistas de todo o mundo, via Revolução Comunista, empenharam-se na destruição da família e na abolição da propriedade privada, retirando do marido a condição de provedor do núcleo doméstico e incentivando a mulher em direção a uma autonomia sexual, leia-se "liberação para o processo produtivo".

"Karl Marx: matou-se mais gente em nome de seu delirante pensamento do que em nome de qualquer outro. Fato histórico, o caos se instalou nas infelizes nações que abraçaram essa míope visão.

"As uniões sexuais livres, sem obrigações mútuas, degeneraram em epidemias de abortos e bebês largados aos cuidados de "casas de maternidade" coletivas, borrifadas com uma puericultura que pretendia a afirmação sexual da criança (sic).

"Notem bem: criança. Deu tão errado que as estruturas familiares logo se reorganizaram como puderam, mas o estrago já estava feito.

"De braços dados com a nova mulher operária e com a deterioração química servida à mesa no novo "way of life", uma terceira revolução, subcutânea, juntou-se às outras para corroer ainda mais nossa impúbere espécie..."

Alberto se ajeitou na cadeira nervosamente ao ver as três figuras no telão. Maria Consuelo também se reposicionou. Carmine não parava de fazer anotações.

– Gramsci[7], Marcuse[8], Alinsky[9]. A Revolução Cultural. Controlar o sistema educacional, as instituições religiosas e os meios de comunicação; implantar uma nova hegemonia cultural; disseminar a ideia de que a masculinidade e a feminilidade são construções sociais e não diferenças sexuais essenciais. Destruir os valores que se perpetuam. Promover o caos para, então, oferecer à sociedade destruída, a solução comunista.

Philbert voltou-se para o telão. Seu semblante estava triste. Um pensamento ressurgiu-lhe de súbito ao olhar aquelas imagens.

Eu assisti a tudo; aconteceu na minha frente... e eu me calei... eu deixei acontecer... minha geração é a grande culpada... - virou-se e olhou as pessoas.

Sua voz quase não saiu.

– A queima dos sutiãs[10]; o protesto do "orgulho" gay[11]; a revolta no clube Stonewall[12].

"A quantidade de homossexuais/libertinos crescera consideravelmente, via hormônios estragados pela química industrial, via desvinculação da mulher do lar, via indução cultural nas universidades do "amor livre" patrocinado por Marcuse e sua New Left. "Faça amor, não faça a guerra". Esse slogan é um Cavalo de Tróia. Abriu as portas para o hedonismo em escala planetária.

"Enquanto todos trepavam com todos e fumavam maconha, a Revolução Cultural, filha da Revolução Comunista e neta da Revolução Industrial, paria a revolução que nos enfiaria de vez num beco sem saída..."

A REVOLUÇÃO DO CÚ

– SEU ARISTOCRATA MALUCO! - berrou o advogado Alberto, comunista de carteirinha - Você nasceu em berço de ouro! Nos fez vir aqui pra ouvirmos ofensas despeitadas de uma múmia, que não aceita a evolução do mundo?

– Desliguem tudo! - desesperava-se Manuel - Philbert, estou cancelando este evento! Isso foi um erro! Você enlouqueceu!

Muitas pessoas se levantaram indignadas, mas hesitavam em tomar o rumo da saída. Carmine estava pregado na poltrona, catatônico. A Doutora Maria Consuelo inclinou-se para a frente e cobriu o rosto com as mãos, apoiando os cotovelos nos joelhos. Philbert apenas observava, com uma frieza mórbida. Seus pensamentos remoíam uma palavra:

Múmia?...

Mais e mais pessoas se levantavam, mas ninguém saía. Manuel tomou coragem e subiu ao palco. Philbert, sem levantar-se, ofereceu o microfone ao desestabilizado colega.

– Prezados, em nome da Federação eu peço desculpas. Enviaremos a cada um uma nota explicativa e...

– Eu quero ouvir a explicação diretamente do

Professor Philbert! - interrompeu enfaticamente a Doutora Maria Consuelo, agora de pé, fitando o ancião.

Seguiu-se uma sequência de "Eu também". Philbert olhou para Manuel, que a esta altura tremia febrilmente, e disse com calma e firmeza:

– Confie em mim.

Manuel devolveu o microfone à Philbert e retornou cabisbaixo ao seu lugar.

– Alberto... múmia? - ironizou Philbert, amenizando a tensão ao mostrar que era apenas uma palavra, dentre tantas outras que poderiam ter sido usadas para ofendê-lo. No contexto, "múmia" ficara até engraçado.

Alberto, que estava rubro, começou a clarear e, meio que contrariado, sentou-se e fez um gesto levantando os dois braços com as duas mãos espalmadas, cujo significado é universal: continue!

Ninguém saiu do recinto.

– Obrigado por ficarem. Acreditem, há uma boa razão para tudo isso. - disse Philbert - O renomado fisiologista Jared Diamond, em seu excelente livro "Armas, Germes e Aço - os destinos das sociedades humanas" nos conta uma estória sobre um médico amigo seu que havia sido chamado para tratar de um casal muito abatido por causa de uma doença misteriosa.

"Ele relata que o marido era um homem pequeno, tímido, com uma pneumonia causada por um micróbio não identificado, e com domínio limitado do idioma de seu amigo médico. A bela esposa do paciente, preocupada com a situação do marido, estava atuando como intérprete. Já cansado, depois de uma longa semana de trabalho, seu amigo médico deixou de lado a discrição e pediu à esposa que perguntasse ao marido se ele havia tido alguma experiência sexual que pudesse ter causado a infecção. Ela o fez.

"O marido corou, encolheu-se a ponto de parecer ainda menor, tentou desaparecer sob os lençóis e gaguejou baixinho algumas palavras. A esposa de repente deu um grito irado e se preparou para atirar-se sobre ele.

"Antes que seu amigo médico pudesse impedir, ela agarrou uma pesada garrafa de metal, bateu com toda a força na cabeça do marido e saiu do quarto vociferando; ele havia confessado várias relações sexuais com uma ovelha (sic) em uma recente visita à fazenda da família."

Philbert levantou-se pela primeira vez de sua poltrona. Ao contrário do que se poderia esperar de um velho sentado há algum tempo, não o fez de forma débil, mas de forma decidida e firme. Sentia um vigor excepcional naquela noite. Empertigou-se e encarou a plateia.

– A premissa do macho é a virilidade; a da fêmea é a fertilidade. Se não houver fêmeas, o macho enfiará o pau em qualquer buraco que aparecer, seja mineral, vegetal ou animal.

"Mesmo havendo fêmeas, às vezes, excepcionalmente (ainda bem), alguns cometerão zoofilia, como no caso narrado pelo Diamond; o macho é um bicho promíscuo por natureza. Dez trepadas com dez fêmeas podem gerar dez filhos, cinco filhos, ou nenhum; para o macho, isso não importa, ele é programado para trepar, e está sempre pronto. Sempre. A Natureza o enche de esperma a cada minuto e o solta no mundo para assediar fêmeas.

"Para a fêmea, não é bem assim. A Natureza se dedicou muito mais a ela. Dez trepadas com dez machos só podem ter dois resultados: nenhum filho, o que significa fracasso do ponto de vista biológico, ou um filho, acompanhado de uma tremenda dor de cabeça, pois ela terá dificuldades em fazer com que qualquer um dos machos a ajude com a cria, já que ela não saberá quem é o pai, lembrando que a cria estará dentro da barriga dela, não da do macho, e quando nascer será dependente por uma década, ou seja, para a fêmea, rodízio de parceiros não é uma boa.

"Mas a questão principal é que a fêmea é a guardiã da espécie. A Natureza a incumbiu de selecionar o macho que irá copular, para que os melhores genes sigam em frente. Assim, liberdade sexual é um contrassenso para a fêmea humana; ela simplesmente não pode se dar a esse luxo.

"Mulher vende mistério, desde sempre. Ofertar-se nos aplicativos como mero depósito de porra tira-lhe seu maior atrativo. A Natureza espera que ela seja mais esperta que o macho. Uma chave que abre qualquer porta é valiosa, mas uma porta que é aberta com qualquer chave não serve pra nada.

"Um homem treparia com todas as mulheres que visse, se fosse dar vazão ao seu desejo. Mas isso não ocorre, porque ele é capaz de resistir ao seu comando biológico. Estou falando da decisão consciente e individual de um homem de juntar-se com uma mulher para gerar descendência, passando a praticar, a partir de então, a maior aberração sexual da natureza: a monogamia.

"E é este o único comportamento que pode ser atribuído à nossa espécie como sendo uma "construção social". Ele não assedia outras mulheres porque isso colocaria em risco sua família. Ele escolhe sua família todos os dias, a todo o momento. Homens e mulheres são diferentes. Por construção da Natureza.

"Há uma metáfora usada entre economistas que dimensiona bem isso: "um homem olha para uma mulher e vê um bem de consumo; uma mulher olha para um homem e vê um investimento". Marx foi o primeiro "economista político" do mundo.

"Ele entendeu isso. E rapidamente percebeu que, para destruir as estruturas vigentes, tinha que desestabilizar a mulher.

"A metáfora do economista pode parecer machista, se formos apressados na análise. Mas se refletirmos um pouco mais, veremos que é ela quem decide investir.

"É ela quem seleciona aquele com potencial para a renúncia necessária à constituição do elo que deverá perdurar, pelo menos, até que a cria esteja madura (cerca de dez anos!).

"E, se ela escolheu bem, ela renovará o investimento para mais crias.

"Ela sempre deteve todo o poder, inclusive o maior de todos: o da sedução, que a Natureza lhe concedeu através da perfeição estética e funcional que é seu corpo. Uma mulher consciente de si faz dos homens o que quer. Ela tem desejo por outros homens? Claro. Seus pais têm desejo por outras pessoas? Certamente que têm. Mas escolhem-se diuturnamente.

"E por ser uma escolha voluntária e superior à química arbitrária, eleva nossa espécie acima dos animais. É o triunfo da nossa consciência sobre a imposição da nossa biologia. E são esses pequenos núcleos de pessoas, as famílias formadas por macho e fêmea, os pilares da sociedade humana, desde que passamos a nos considerar civilizados.

"A Natureza contava com isso. Mas isso esfarelou. Convencida de que suas sublimes tarefas de cuidar do lar e dos seus filhos eram inferiores e medíocres diante das tarefas realizadas pelos homens, a mulher exigiu trabalhar fora; passou a pagar estranhos para cuidar de seus (quando os tinha) filhos, aos quais já nem via mais, por chegar a sua casa exausta depois de um dia de trabalho no "maravilhoso" mundo masculino.

"Educados pela cabeça de outros, os filhos perdemse facilmente na vida. Não tendo um lar para valorizar, o homem desdenha de seu compromisso e o divórcio se torna banal. O prêmio da mulher? A jornada dupla e a solidão com vista para o mar. Com megafones feministas exigindo uma igualdade de papéis entre homens e mulheres, o macho foi para dentro de casa, a fêmea ganhou as ruas, e a cria se perdeu...

"Deixe um pai sozinho com um bebê numa floresta por uma semana. O bebê morrerá, não importa os esforços dele. Ele não tem o equipamento certo. Já a mãe, com duas tetas fartas, não precisaria se preocupar com a alimentação do bebê. A mãe é tudo de que ele precisa. Mas as mães de hoje não suportam seus filhos por mais que algumas horas... a conexão foi perdida.

"Alguns acreditam que a sociedade humana poderia viver como uma idílica grande tribo, compartilhando os recursos, onde todos os machos e fêmeas poderiam trepar entre si e os filhos decorrentes seriam criados pela coletividade, sabendo a criança apenas quem é sua mãe.

"É de uma ingenuidade gritante. É negar a existência das mesquinharias do caráter humano, eternas, que implodiriam esse núcleo. Meia dúzia de índios no meio do mato não são cem mil pessoas em uma cidade.

"E, do ponto de vista econômico, a ideia de que uma organização social tribal, hedonista, libertária e coletivista seria um ideal a ser alcançado, não se sustenta pelo simples fato de que, tal qual núcleos familiares competem para se estabelecer, tribos guerreiam umas com as outras pelo mesmo motivo, com o agravante de que tribos matam-se umas às outras com muito mais facilidade."

Philbert permanecia de pé. Tomou outro gole de água, olhando ele mesmo para seu telão. A plateia estava quieta. - *Absorveram o "cú" depressa demais...* - pensou intrigado. Na verdade, a plateia, anestesiada pelos termos a que já fora submetida, resignara-se, deixando de objetar o linguajar chulo adotado por Philbert.

Um ícone deslocado surgiu no telão.

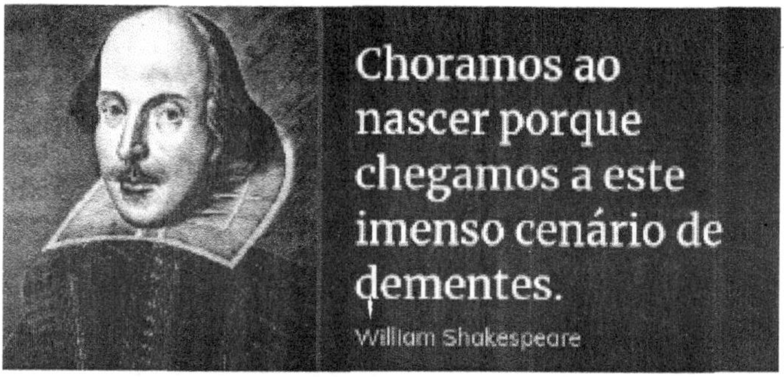

– Shakespeare[13], apesar de mestre em narrá-las, não poderia imaginar a verdadeira tragédia à qual estaríamos destinados. - retomou Philbert, virando-se para o público

– Dementes. Não há outra forma de descrever os promotores destas revoluções. Como nasciam, abençoadas pelo Bisphenol A, cada vez mais crianças homossexuais, os pais com poder político, dinheiro e cargos na mídia perceberam que a única forma de impedir um futuro marginal para seus filhos desviados era convencendo a sociedade de que estes eram um modelo a ser seguido.

"Assim, aos poucos a mídia começou a enaltecer a homossexualidade, juntamente com a liberação sexual e o feminismo, propagando que o advento das pílulas anticoncepcionais destinava-se, ao invés de autocontrole familiar, a desvincular sexo de procriação, para que a libido reinasse absoluta. Tendo perdido seu posto de provedor e sendo assediado pela fêmea, a quem lhe cabia assediar, o macho ruiu.

"Por absoluta falta de figuras paternas, mentores e referências, a maturidade passou a ser cada vez menos alcançada pelo macho, pois os espelhos se quebraram.

"E maturidade é o quesito crucial para a fêmea.

"O poeta Robert Bly, em seu livro "João de Ferro – Um Livro sobre Homens" captou e testemunhou o sofrimento e a confusão do homem contemporâneo.

"No corte final, as crianças homossexuais cresceram e chegaram elas mesmas aos cargos estratégicos do mundo, ditando o novo modelo principalmente através das novas mídias superdisseminadas.

"Gramsci conseguira: a porta fora escancarada para incontáveis cabeças perturbadas fazerem a cena."

Philbert sentou-se. O silêncio reinava numa atmosfera densa. Ele prosseguiu

– Decompor tudo. Substituir um significado por outro. Jacques Derrida mastigou a etimologia e vomitou uma gosma filosófica que alimentou a muitos "pensadores". Mas desconstruir e reconstruir textos, terminologias, e até mesmo ideias, é divertido para a boemia esfumaçada de cafés parisienses, stammtisches berlinenses e pubs londrinos.

"Tudo muda quando se começa a desconstruir e reconstruir pessoas. É verdade que estamos todos em construção, somos incompletos e ao longo de nossa vida nos tornamos pessoas diferentes, às vezes até antagônicas ao que éramos.

"O progresso contempla essa variação. Somos páginas em branco ao nascermos, para escrevermos nelas o que quisermos. E todos somos construções sociais até que adquiramos nossa própria consciência, e, ainda assim, teremos que, de alguma forma, ser atores no palco social. Mas a Natureza impõe uma diretriz mínima.

"Uma pessoa pode tornar-se o que quiser, mas não pode violar sua essência. Um ser nascido com sexo masculino e identidade sexual feminina, ou vice versa, deve viver da maneira que se sentir melhor, assim que se conscientizar de qual das realidades é a sua essência.

"É seu direito, afinal, quem degenerou sua química foi esta mesma sociedade que agora tem que recebê-lo. Mas não se pode submeter uma pessoa cisgênero, nascida com sexo e identidade sexual em harmonia, a um conflito que ela nunca teve."

O semblante das pessoas estava tenso.

– A sexualidade não é livre para ser "ligada" por um ou outro gênero, ela é a sua essência. – disse Philbert.

O telão exibiu um rosto ambíguo.

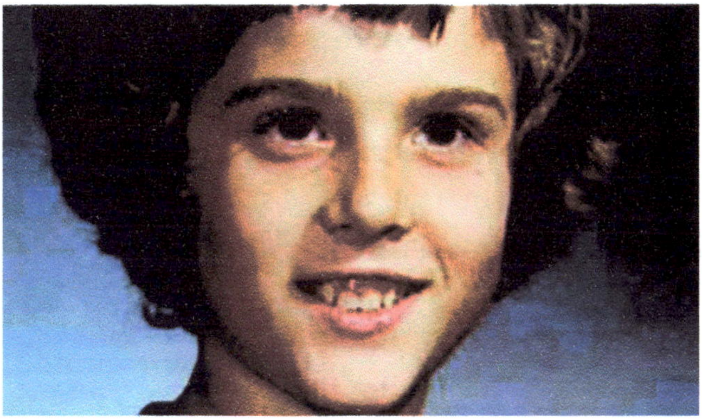

– Bruce Reimer[14], - continuou - que foi, sem saber, criado como Brenda após uma circuncisão que deu errado, aos 14 anos se impôs como David e aos 38 cometeu suicídio. Sua essência havia sido violada pelo imbecil John William Money, psicólogo idealizador da "identidade" de gênero.

Philbert ajeitou-se na Eames, cruzou as pernas, deu mais um gole n'água, olhou panoramicamente para o teatro, notou alguns cochichos dispersos e concluiu que ainda tinha a atenção de sua plateia.

Com um gesto de mãos que, associado ao levantar sincronizado das sobrancelhas e um muxoxo com a boca, costuma ser interpretado como expressão de frustração, disse:

– Aí, a andrógina Judith Butler requentou a Teoria Queer e, tentando ser simpática as causas das "minorias marginalizadas", jogou merda no ventilador, dando origem a todo tipo de interpretação distorcida. Como devemos criar nossos filhos, para não "impor" a eles "papéis sociais" de homens e mulheres?

"Devemos dar-lhes carrinhos de manhã e bonecas à tarde?

"Devemos vesti-los um dia com calças e no outro dia com vestidos, para que possam se acostumar com ambos e "decidir" sua preferência mais tarde?

"Devemos vê-los se transformar em ridículas figuras de pais de família travestidos de mulher, usando vestidinhos curtos com pernas peludas à mostra, borrocados com batom vermelho e blush por cima de uma áspera barba de dois dias, e achar bacana, "cool"?

"Devemos confundir a todos por causa de alguns?

"Pré-adolescentes bombardeados por coisas denominadas de "ideologias" de gênero e perdidos na absurda sopa de letrinhas, termos e significados das siglas "LGBTQIA+" (sic), "BDSM", etc., passaram a acreditar que podiam, e até mesmo que deviam mudar de sexo, escorregando ingenuamente para o abismo dos procedimentos médicos e cirúrgicos com risco mortal.

"O suicídio é hoje a maior causa de morte de jovens no mundo, e olhem que estes jovens não chegaram nem perto de sofrer o que Bruce/Brenda/David Reimer sofreu.

"Algumas mulheres chegaram a vestir camisetas com um insólito slogan: "Eu também tenho cú", num grito grosseiro para chamar a atenção para a explosão de homossexualidade masculina. A homossexualidade feminina, embora seja uma piada anatômica, é, principalmente, um desperdício de recursos, já que duas fêmeas cuidadosamente projetadas para gerar outras vidas, voluntariamente decidem não fazê-lo.

"Mas a homossexualidade masculina, por carecer de buracos, é a mais lasciva, a que mais provoca repulsa nos heterossexuais e a que mais fomentou a convulsão social das últimas gerações. Chegamos, então, à "Revolução do Cú"."

Philbert fez uma pausa.

– Porque decidi nominá-la assim, de forma tão pejorativa?

Nova pausa. A plateia estava pregada nas poltronas. Philbert respirou fundo, descruzou as pernas e inclinou-se para frente.

– É simples: para que não saia da cabeça de vocês a imagem de um pau sujo de merda saindo de dentro de um cú fissurado! - o teatro tremeu, mas Philbert emendou, elevando a voz - Porque esta é a imagem que me atormenta desde que descobri o devasso sodomita que meu pai era na verdade.

"Porque com a mesma boca nojenta com que chupava paus imundos, beijava a boca de minha mãe e vinha dar o meu beijo de boa noite! - havia muita raiva na voz de Philbert - Porque os que se entregam à condição libertina abraçam o cú como centro de suas vidas. "Orgulho" gay! Nunca souberam o significado da palavra orgulho! Não há valor, nem honra, nem mérito no que fazem! Como acham que um casal de homens se relaciona cotidianamente? Acham que o buraco que escolheram como fonte de prazer está sempre limpo, vazio e receptivo? Acham que enfiam mangueirinhas no rabo para fazer lavagem intestinal a todo o momento? Ou às 3 da madrugada se entregam à inversão, se melecam de bosta e adormecem imundos, exaustos, mas felizes?

"Como se pode deixar uma criança ficar perto disso? Só uma sociedade demente caminha alegremente para o abismo!"

Todos se levantaram.

– SAIAM! – gritou Philbert descontrolado – Saiam, voltem para suas casas, para seus lençóis de seda e encham a cara de Prozac. Não há nada que possam fazer. O ARQUITETO nos renegou, e ele é muito menos do que nós!

O alvoroço foi tamanho que Carmine teve que gritar:

– ACALMEM-SE! ACALMEM-SE! Professor, por favor! O senhor foi longe demais. Aonde quer chegar? Com certeza, ainda não nos disse.

Manuel teve uma queda de pressão, foi amparado e colocado deitado no corredor de acesso lateral das poltronas. Foi Alberto quem disse:

– Façamos uma pausa de 15 minutos. O que quer que seja que Philbert veio anunciar, ele agora terá que dizer. Eu não irei embora sem respostas, depois de tanta avacalhação.

As pessoas começaram a se dirigir ao hall do teatro e a formar "rodinhas", discutindo acaloradamente. Ninguém foi embora. Philbert levantou-se e foi para os bastidores. Helena estava lá, sentada num canto. Ele foi ao encontro dela. O rosto de Helena transmitia conforto. O dele, exaustão.

– Tem certeza de que quer continuar? - perguntou Helena docemente.

– É preciso. Na verdade, a parte mais polêmica virá agora. - disse Philbert, olhando-a diretamente - Por quê veio? Eu lhe disse que seria destrutivo.

– Como eu poderia não vir? - disse ela, passando a mão nos brancos cabelos dele - Eu sinto muito por você ter guardado tudo isso por tanto tempo.

Philbert sentiu a ternura dela.

– Obrigado por estar aqui Helena.

Ela sorriu.

– Tenha paciência com o Carmine. Ele ficará do seu lado, eu tenho certeza. Ignore o Alberto. - disse ela, fazendo um gesto liberando-o.

Helena observava enquanto ele se afastava e sentiu um arrepio na espinha. Philbert era uma rocha, mas o dique havia rompido. Ele não era indestrutível...

Philbert voltou ao palco e manteve-se de pé. Ficou olhando as pessoas retornarem. Ao que parece, Manuel já se recuperara e estava acomodado em sua cadeira, com a cabeça apoiada pela mão direita, visivelmente abatido.

Philbert recomeçou:

– Eu não me desculparei pelos termos que usei. Foram necessários para acordá-los para o que eu realmente vim dizer esta noite.

"Todos os pontos que eu coloquei, somados, são causa.

"O grande dilema desta noite não está centrado em causa, mas em efeito. As causas já causaram o efeito.

"Não adianta mais esmiuçá-las e é tarde para voltarmos atrás. Antes, preciso comunicar que meu pai cometeu suicídio no dia seguinte ao que ouviu de mim aquelas palavras. O espelho o matou, não eu."

Philbert sentou-se. Um silêncio fúnebre pousou no teatro.

"Quem", ou "O Quê", é a Natureza?

Alberto recostou-se na poltrona e pendeu para sua direita, esbarrando em Carmine, que também havia se recostado e estava pendido para sua esquerda. Os dois se entreolharam e se reajeitaram, sem dizer nenhuma palavra.

Aquela pergunta era, sem dúvida, a mais difícil jamais feita por um ser consciente.

– Notem o "N" maiúsculo. - disse Philbert, apontando o telão com o dedo indicador de sua mão esquerda, sem virar-se - Não estou falando do conjunto de elementos do mundo natural. Estou falando da Entidade. Do Arquiteto.

– Philbert, eu não vim aqui para ouvir sermão! - disse Alberto, levantando-se.

O telão mudou.

Philbert olhou para o telão e em seguida para Alberto.

– O bacalhau que você está vendo é o Microgadus tomcod[15]. No rio Hudson poluído com bifenila policlorada (PCB), substância altamente tóxica, ele quase desapareceu.

"Mas um único gene deste peixe mutou e ele agora vive normalmente com seus pulmões carregados de PCB.

"O agente tóxico está lá, mas não o afeta mais. E isso ocorreu em apenas algumas décadas."

– Ora, Philbert, isso foi uma adaptação do peixe ao seu ambiente. É a Teoria da Evolução, pôrra! - retrucou

Alberto, abraçando os impropérios.

– Você é capaz de ordenar ao seu organismo que mute um gene seu para que isso o torne imune a algum composto químico tóxico e, de alguma forma, transmita esse comando aos seus contemporâneos? - devolveu Philbert, mantendo os olhos no advogado.

Alberto sentou-se calado. Philbert prosseguiu:

– Você não é capaz disso, Alberto. Nem eu. Nem o peixe. Porque nossos corpos não são nossos, são "arranjos biológicos"; "veículos", se preferir, construídos e pilotados pelo Arquiteto, que vem acumulando conhecimento desde que se constituiu dos elementos certos e passou a metabolizar substâncias; a construir, através de transcrição e tradução de informações químicas; e a replicar os resultados percebidos como satisfatórios.

"Uma mutação não resulta em evolução. É uma resposta química a uma alteração no meio, e quase nunca é benéfica, ela tem um preço. Aquele bacalhau precisa viver sob níveis altos de poluição. O gene mutado, que impede o processamento do PCB no seu organismo, também o impede de quebrar outras moléculas químicas de que pode precisar. Na verdade, há um vínculo muito claro entre mutações e extinções."

Durante toda a explanação de Philbert, as poltronas nos camarotes do piso superior permaneceram mais ou menos impassíveis. Estavam ocupadas por cientistas e médicos; muitos, seus amigos. Quase nada do que Philbert dissera antes lhes surpreendera. Apenas a verborragia de Philbert era novidade, já que todos o tinham como pacato. Mas agora não havia uma só pessoa naqueles camarotes que não estivesse intrigada.

– Vou resumir: - disse Philbert - a Terra tem 4,6 bilhões de anos. O primeiro período é chamado de Hadeano, um inferno onde o planeta não era mais que uma fundição gigante. Com cerca de 3,9 bilhões de anos conseguimos as primeiras rochas e entramos no período Arqueano, que também nos deu Cianobactérias procariontes.

"Cianobactérias se alimentam de luz e sais inorgânicos: literalmente, comem pedra! Ficou assim até 2,5 bilhões de anos, quando iniciou-se o período Proterozoico, com as Cianobactérias se esparramando e abrindo as portas para eucariontes não só uni, mas multicelulares, que com uma "superstar", a Mitocôndria, embarcaram numa "suruba" microbiana que podemos chamar de Simbiose.

"Nos últimos 500 milhões de anos essa "suruba" produziu incontáveis "arranjos biológicos", sendo que, de todos os que chegaram a vingar, 99,99% acabaram extintos, existindo hoje cerca de 8 milhões de "arranjos", que, para nossa conveniência, classificamos como espécies."

O ancião tomou um pouco d'água, antes de afirmar:

– Isso é "tentativa e erro", um processo repetido por muito, muito tempo.

Philbert segurou a tensão por um instante, sentindo a necessidade de preparar o terreno.

– Entendam: tudo é química! O Arquiteto acumula informações químicas a quase 4 bilhões de anos.

Olhou sua platéia antes de continuar.

– Ele cria, molda e dirige toda a vida no planeta. E faz experiências. Ele é organizado, metódico, preciso e aprende. Mas não é senciente. Ele está no telão.

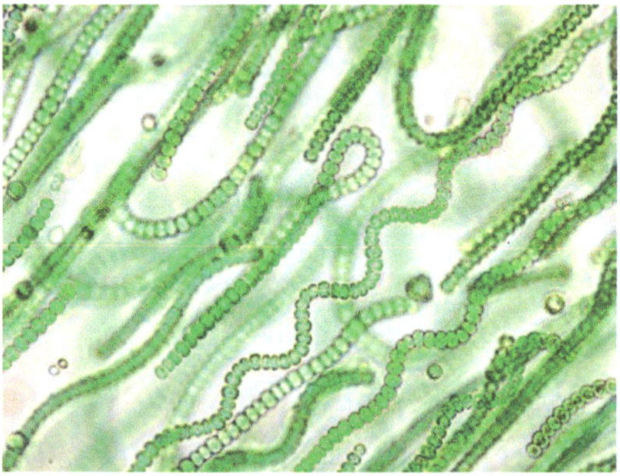

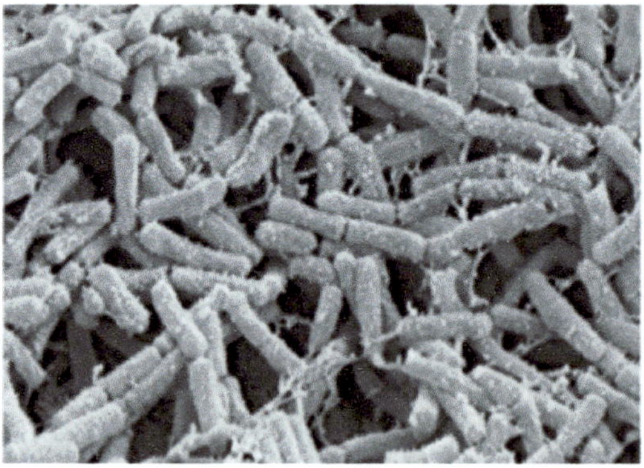

Philbert olhou apenas para os camarotes, ocupados por seus pares. Os semblantes eram tensos, mas todos continuavam inertes, como é de se esperar de cientistas que ainda não ouviram a conclusão da tese. Aproveitou a incompreensão momentânea do grosso da plateia para evoluir sua explicação.

– Bactérias[16]. Não um indivíduo, mas seu coletivo. O singular (sic) de Monera: "Moneron". Um ser único, formado por uma massa ancestral de protoplasma postulado sem um núcleo. Eis "O" Arquiteto.

Carmine, como era de se esperar, antecipou-se:

– Está dizendo que o mundo foi criado e é governado por um bando de micróbios saídos de pedras? Eu não acredito! Philbert, desculpe, você realmente está gagá!

– O mundo não, Carmine, a biota terrestre; o conjunto de todos os seres vivos da Terra. A massa de bactérias ocupa cada milionésimo de milímetro quadrado deste planeta e comunica-se quimicamente entre si, construindo, regulando e moldando toda a vida. É um fato.

Antes que alguém pudesse se manifestar, uma mão se levantou com dificuldade. Todos respeitaram o pedido de aparte do Presidente da Federação.

– Philbert, por favor. Você falou de monstros, homossexuais e pedófilos; insultou toda a cultura ocidental; misturou Marx, comunistas e revoluções com libertinagem e hedonismo; e agora está falando de micróbios! Tenha misericórdia de mim. Eu não tenho energia para mais nenhuma discussão. Eu concordei com sua exigência e isso está custando minha reputação. O problema central, Philbert. Dê-me a resposta... - implorou Manuel.

– Está claro que o tal "problema central" do Manuel é um "problemão". Porque não vai direto a ele, Philbert? Você está nos torturando. A todos nós. - disse Alberto, surpreendentemente calmo.

– Senhores, como pesquisadora, preciso dizer que o professor está agindo corretamente, exceto talvez pelo linguajar, que não me cabe julgar. Estou entendendo que estamos sendo conduzidos por uma trilha necessária ao entendimento do que está no final do caminho. Se ouvirmos mais do que interrompermos, chegaremos lá. Como ex-aluna do professor, posso garantir que ele nunca me deixou sem respostas. - interveio a Doutora Maria Consuelo.

Ao que parece, o trio Carmine, Alberto e Maria Consuelo havia se tornado porta-voz da plateia. Philbert olhou para a doutora e disse:

– Consuelo, vocês estão bem?

– Hã... ... ... Eu estou bem. É isso que perguntou? - titubeou ela.

– De certa forma. Seu corpo tem cerca de 100 quatrilhões de células; apenas para visualização, olhem no telão; isso é um número imenso.

100.000.000.000.000.000

– Mas - continuou - você mesma é "só" 10% disso, ou seja, 10 quatrilhões. Esse é o total de células que pertencem ao seu próprio organismo. Os outros 90% são células bacterianas. São "Moneron"; o Arquiteto. Nem mesmo seu pensamento é só seu: você só racionaliza o que fez alguns instantes depois de tê-lo feito.

"A razão não é o que você pensa. Seu cérebro processa cerca de 400 bilhões de "bits" de informação por segundo, mas você só tem consciência de aproximadamente 2 mil. Reações reflexivas. Química.

"O Homem não existe como indivíduo; ele é, assim como os demais seres vivos, um "arranjo biológico" simbionte com o "Moneron", que o construiu para viver "nele". Mas ligações químicas levam a novas ligações químicas, que levam a novas ligações químicas, e assim "ad aeternum", cuja complexidade vai se exponencializando.

"Hoje o "Moneron" não só vive "no" Homem, mas "com" o Homem; afinal, seus 10% de células estão entre as mais complexas, e você conseguiu se tornar consciente de si, algo que o "Moneron" não almejou. Uma Cianobactéria, depois de bilhões de aniversários, ainda é uma Cianobactéria.

"Entenda que cada "arranjo biológico" empreendido pelo "Moneron", e cada ajuste, correção, adaptação, etc., feito por ele em seus "arranjos" são determinados pelo seu propósito automático, primário e único de interagir entre si e com o meio para manter e perpetuar as ligações químicas, que nós chamamos de vida. Para ele, são apenas ligações químicas. É o que fazem as moléculas: se ligam entre si. Então, "Moneron" experimenta todo tipo de coisa e registra cada informação química. Num intervalo de tempo infinito, um bando de macacos acabará por compor as obras de Mozart. É isso.

"Depois de bilhões de anos e incontáveis ligações químicas, o Homem acabou por ser o "arranjo" que conseguiu o melhor equipamento (leia-se cérebro), que lhe permitiu extrapolar seu determinismo biológico e projetar sua energia: o Homem "acordou", tornou-se autoconsciente. E é este o seu grande momento.

"Mas permanece incapaz de ordenar que uma única célula sua faça alguma coisa. Se você, Consuelo, se mudasse para o Nepal e fosse viver permanentemente nas grandes altitudes do Himalaia, seu organismo teria que mudar para sobreviver às condições de atmosfera rarefeita.

"As ações necessárias para essa adaptação seriam tomadas pelo "Moneron", ao identificar quimicamente essa necessidade; e isso não seria consciente, não teria nada a ver com você, mas com a massa de bactérias embarcada no "veículo" Consuelo, conversando quimicamente com a massa de bactérias constituinte de todo meio ambiente.

"Após algumas gerações, seus descendentes poderiam ser como os Sherpas. "Moneron" identificou o agente tóxico na água do rio Hudson. "Moneron" mutou o bacalhau. Por quê? Porque captou informações químicas em sua massa microbiana e reagiu a elas, utilizando o registro de todas as ligações químicas ocorridas ao longo das eras. Não é premeditado. Não é propósito. Não é objetivo. Não é inteligência. Nem é consciência. É ação, por reflexo, da engrenagem inacreditavelmente complexa do "Moneron", que envolve probabilidade e muitas, mas muitas mesmo, variáveis."

A julgar pela unânime falta de manifestações, todos estavam tentando encontrar algum sentido naquilo.

Foi a própria Doutora Maria Consuelo quem rompeu a inércia:

– Professor, o que está tentando dizer é que chegamos até aqui aleatoriamente? É isso?

– Não. O modo como o "Moneron" se organizou não foi aleatório e nem mesmo a forma como constrói e molda a vida é aleatória. Uma vez que, por características fundamentais, cada átomo de cada elemento está restrito ás suas propriedades particulares, as ligações que formam as moléculas só podem ocorrer dentro das "afinidades" que os elementos têm uns com os outros, em cada condição ambiental. Isso já traz embutido em si uma diretriz. O resto é probabilidade.

"A probabilidade de que o Eobionte, o primeiro ser vivo, viesse a se constituir é de 100%, num tempo infinito. Bom, ele surgiu com cerca de 1 bilhão de anos. Então, Consuelo, qual a probabilidade de que, num futuro infinito, um "arranjo" possa vir a ser puramente energético?"

– 100%, Professor, 100%. - respondeu ela confiante - Tudo parece claro para mim. É uma admirável nova forma de pensar. Dada nossa autoconsciência e à característica energética dela, estamos a caminho de um corpo de plasma, por exemplo? - perguntou a Doutora, apreensiva.

– Estávamos, minha cara. - respondeu Philbert em tom de pesar - Mas pisamos na bola. Guardem esta imagem em suas cabeças, vocês terão que se acostumar com ela:

A figura surgiu no telão e outro rebuliço chutou para longe o estado hipnótico em que se encontrava a plateia. Philbert continuou falando:

– A estátua é Hermafrodita[17], do período do Império Romano e está no Louvre. Eu preferi esta imagem às imagens naturais com que tenho lidado em minha carreira. Nem chega a merecer o título de "monstro". Ainda assim ela é, digamos... incômoda.

"A Federação empreendeu uma pesquisa secretamente. Foram feitas amniocenteses em grávidas em todo o mundo. O resultado gerou este evento: todos os fetos testados são HV, ou seja, são Hermafroditas Verdadeiros, ou, mais especificamente, são macho e fêmea ao mesmo tempo."

– E daí, Philbert? Isso sempre existiu, você mesmo já disse! E essa estátua tem mais de dois mil anos! - retrucou Carmine.

– Eu serei mais incisivo: TODOS os bebês que estão nascendo no mundo são Hermafroditas Verdadeiros. - disse Philbert inclinando-se para frente na poltrona - Esse é o "problemão" do Manuel. Uma mutação foi disparada para nossa espécie. Olhem bem para o telão. Vocês estão olhando para o novo ser humano.

– Disparada? - indagou um.

– Como assim? - indagou outro.

Aquela noite já estava na História. Nunca antes um evento provocara tanto alvoroço. Todos se entreolhavam e se perguntavam: - "quem disparou?" - De novo, Carmine teve que gritar:

– QUIETOS, POR FAVOR! Professor, como assim, "uma mutação foi disparada"? É isso então o que quis dizer com "a Natureza concordou que não existe sexo"?

– É. - respondeu Philbert, enfático, reclinando-se na poltrona - Não há nada errado com as células dos atuais pais. Óvulos saudáveis estão sendo fecundados por espermatozoides saudáveis. Após a fecundação, os embriões estão sofrendo uma mutação que está reescrevendo o código inscrito no DNA. Fizemos incontáveis testes.

"Podemos fecundar bilhões de óvulos. Teremos bilhões de Hermafroditas Verdadeiros. Nossa raça desejou isso. Daqui pra frente não é preciso mais se preocupar com sexo e gênero. O novo ser humano poderá, alegremente, desfrutar dos dois mundos. A Natureza atendeu aos hedonistas!"

– Philbert, isso é impossível! - protestou Alberto - E essa coisa de micróbios tagarelando é alucinação. Não sou cientista, mas não sou estúpido.

A Doutora Maria Consuelo levantou-se. Quando Philbert disse a última frase, as pessoas, exceto o Alberto, calaram-se, como que para processar o que aquilo significava. Ela perguntou sem levantar a voz:

– Professor, meu respeito pelo senhor é imenso e o senhor bem sabe que eu jamais o contradiria. Eu confesso que estou atordoada com sua tese sobre o "Moneron".

"Mas como nos revelou sua tragédia pessoal com seu pai, não é possível que suas opiniões e conclusões estejam influenciadas por sua dor, e a ocorrência dos HV's não seja assim, tão abrangente? Talvez seja só um "surto"."

O teatro todo prendeu a respiração.

– Sim, fui influenciado pela experiência com meu pai no que diz respeito à carreira que escolhi. Entender como se instala o impulso que faz um homem viver no esgoto sempre foi minha meta.

"Para isso, eu tinha que descobrir onde a química do corpo dava tão errado. Dois machos são como dois ímãs negativos: mesmo sendo forçados, não se unem; sempre irão se repelir. A Teratologia parecia guardar as respostas. Mas é só. E, não, não é apenas um "surto"."

– Perdoe-me, professor, mas como pode ter certeza? - insistiu a doutora, constrangida.

– Porque de tanto pesquisar mutações, deparei-me com o mecanismo do Arquiteto. - disse Philbert, olhando para Manuel, que mal se sustentava na poltrona - A comunidade científica percebeu a anomalia HV e desconfiava de que era abrangente.

"A Federação conseguiu conter as especulações. Essa mutação já vem ocorrendo há algum tempo; agora, tornou-se regra. O excesso de exposição a todo tipo de compostos químicos artificiais levou o desequilíbrio hormonal a níveis insanos. Ideologias estúpidas e uma Mídia tendenciosa e irresponsável fizeram o resto.

"Cerca de metade da população mundial hoje é homossexual e questionar isso é crime, inclusive do ponto de vista científico. Mulheres que querem ser homens. Homens que querem ser mulheres. Mulheres que só querem mulheres. Homens que só querem homens. Homens e mulheres que não querem filhos... O intenso e constante sinal químico disso foi captado na massa bacteriana que tudo constitui. "Moneron" agiu, por reflexo, e fez o óbvio: disparou a mutação em nossa espécie que atendeu a esse clamor. E nos colocou no caminho da extinção. Hermafroditas Verdadeiros são estéreis. A espécie humana está condenada. Sem ressentimentos."

Alberto gesticulava e dizia alguma coisa, mas Philbert entrara numa espécie de transe. Desligou o microfone, colocou-o na mesinha junto ao seu copo d'água e levantou-se da poltrona, desta vez com certa dificuldade. Olhou para toda a plateia uma última vez e viu nos camarotes, ainda sentados, os Doutores Joel, Nicolas, Hernandez e Mendes.

Seus rostos, sem exceção, refletiam perplexidade. As luzes de saída se acenderam no teatro. Manuel estava junto ao quadro de força, cabisbaixo. Philbert o olhou e teve a certeza de que ele compreendera. As pessoas, entre mudas e mortificadas, começaram a sair do recinto, entendendo que nada mais havia para ser dito. Philbert deu as costas ao público e saiu do palco. Na coxia, Helena preocupava-se:

– Phil, vamos para casa. Você precisa descansar.

– Espere! Por favor, espere! - esbaforia-se Carmine - Professor, por favor, eu não posso ir embora sem que me esclareça uma coisa muito importante. Me desculpe, eu não quis chamá-lo de gagá, foi um rompante.

– Diga, Carmine. - concedeu um Philbert abatido.

– Como pode "Moneron" não ser inteligente?

Helena se surpreendeu com a pergunta e, intimamente, agradeceu a Carmine por tê-la feito, já que ela mesma tivera essa inquietação. Observou Philbert esboçar um meio sorriso e dizer:

– Um ser inteligente criaria com base no terror?

– Não entendi Professor. - disse Carmine.

– Olhe bem para este mundo, Carmine. Ele é medonho. As criaturas se alimentam umas das outras. Todo organismo vive para matar e ser morto. E no intervalo disso, reproduzir-se. A vida, em todos os aspectos, é pura concorrência e medo. A sobrevivência é o ato de subjugar os demais. É só isso que "Moneron" pode conseguir como organizador da vida no nível biológico.

"Ele não tem sentimento ou razão, ele segue tecendo sua rede, criando e moldando tudo com base na premissa "a forma segue a função", para maximizar a obtenção de comida e a prevalência no meio, e o resultado é a crueldade aparentemente sem sentido que você vê na natureza."

... há muita morte acontecendo neste lindo jardim, neste exato instante... Helena sentiu um arrepio.

– Deus não existe, Professor? - indagou um Carmine aflito.

– Eva significa "vida"; Adão, "solo". Eva veio de Adão. A vida veio do solo. É só isso. Já estava simbolicamente nos escritos, mas depois de milênios de traduções, interpretações, deturpações, distorções, manipulações...

"Eu disse que "Moneron" não era consciente, mas também disse que ele não era aleatório. Aquilo que tudo compõe engessa o mecanismo das interações químicas, porque existe com características imutáveis, fazendo com que infinitas interações num infinito tempo, inevitavelmente alcancem um resultado final já previsto.

"Um único organismo unicelular é insignificante; a massa composta por todos esses organismos governa o mundo. Um único neurônio é insignificante; a rede neurológica composta por bilhões deles gera a consciência humana."

– Professor, minha cabeça está doendo... - brincou Carmine, esperando aliviar a tensão.

– Os seres orgânicos, de matéria densa, de entrelaçamento em entrelaçamento seguirão construindo seres orgânicos cada vez mais refinados, chegando um dia a organismos de Éter, sem massa nem volume. Sem atrito.

"A espécie que atingir esse grau de elevação, se entrelaçará com Deus, no vácuo quântico. Ele seguirá esperando, de braços abertos... Ao que tudo indica, não serão os humanos. Einstein se enganou: Deus joga dados."

... os "aglomerados energéticos" humanos não chegarão a ser tão cristalinos quanto um dia poderiam ser. Estamos fora do grande jogo... Helena finalmente entendeu. E entristeceu-se.

– Professor, porque não disse isso às pessoas? - perguntou Carmine.

– Onde há religião não há reflexão. Eu não disponho de mais oitenta anos para debater minha tese. O futuro será meu remidor, ou meu algoz.

Philbert apoiou-se nos ombros de Helena. Carmine segurou sua mão e ambos o ajudaram a deixar o teatro pela saída privativa.

A figura hermafrodita continuava pairando no telão, com aquele pinto insolente acusando de hipócrita um salão vazio.

* * *

Helena levantara-se muito cedo. Não conseguira dormir. Estava na sala, vendo as notícias da manhã. A palestra já era assunto e, a julgar pelas primeiras chamadas, muita confusão estava por vir. Philbert parecia exausto quando se deitara, então Helena achou melhor não incomodá-lo. Mas tudo estava silencioso demais. Helena pensou no seu medo secreto. Ele estava demorando muito. Ela foi até o quarto, pé por pé, para conferir...

O ancião não mais respirava. Philbert se esgotara...

2079

Max tinha 49 anos e olhava através do vidro para uma antiquíssima poltrona Eames, cujo couro um dia tivera um tom de negro profundo, impenetrável, como as entranhas de uma caverna. Seus sentimentos eram de respeito, por estar na presença de um móvel tão icônico.

Sua admiração pelo homem a quem ela servira por tanto tempo fazia daquela visita ao museu Moneron, uma solenidade. Havia se passado 50 anos desde que o cientista Philbert revelara, num evento histórico, a mutação e seu mecanismo. Muito se debateu a respeito. A convulsão social provocada pela aberrante tese do "Ancião", como passou a ser chamado, polarizou o mundo e quase o destruiu.

Logo que ficou evidente que Philbert estava certo, algumas nações tornaram obrigatória a fecundação de todas as mulheres, ininterruptamente. Nenhum útero viável poderia se dar ao luxo de ficar "ocioso". Embora só nascessem mais e mais Hermafroditas Verdadeiros, os governantes achavam que estavam ganhando tempo...

Quando perceberam a inutilidade dessa decisão, coube às mulheres decidirem o que queriam. A maioria optou por gerar quantos filhos fosse possível, ignorando a condição de "mutantes" destes. A voz de sua essência, antes quase inaudível, agora gritava.

As mentes mais brilhantes debruçaram-se sobre os microscópios para conseguir o que passara a ser o "Santo Graal" da ciência: um útero artificial, já que reverter a mutação parecia impossível.

Porém, por mais que a tecnologia tivesse atingido níveis extraordinários, ninguém nunca chegou sequer perto da funcionalidade de um útero natural, dada sua maravilhosa complexidade, obrigando os médicos, com o passar dos anos, a evoluírem em suas técnicas de obstetrícia para manterem ativos, pelo máximo de tempo possível, os parcos úteros viáveis remanescentes: os das últimas mulheres férteis, nascidas antes da disseminação da mutação.

Mas com a chegada destas à menopausa, em breve, embora houvesse uma inacreditável quantidade de óvulos e espermatozoides congelados, um novo ser humano não poderia mais ser gestado. Tal como previra o "Ancião".

Em um dado momento, pela face da terra iria andar apenas uma raça sem futuro, assistindo, em meio à exuberância da natureza, à gradual finitude dos seus.

Então o mundo viu algo inesperado acontecer: uma espécie resignar-se e serenar, ao invés de apertar o botão do "foda-se" e pular de cabeça num homérico "bacanal do fim dos tempos", como se suspeitava que iria ser o desfecho da humanidade. Havia pouco menos de 4 bilhões de pessoas no planeta, 99% HV. Pobreza, analfabetismo e conflitos estavam minguando. Drogas, pornografia, prostitutas e puteiros não eram mais rentáveis.

Sexo passou a ser algo realizado pelos casais como um ritual de união entre uma essência masculina e uma feminina; não era mais o centro de suas vidas, nem a mola mestra do mundo. "Mantenha raras as coisas que ama, para que não deixe de amá-las." Esse passara a ser o mantra.

Nada era exagerado, compulsivo ou supérfluo. Segundo o "Ancião", a descida da espécie humana ao comportamento rasteiro a havia desviado do caminho da sublimação e a colocado, irremediavelmente, na rota da extinção.

Max resolvera ir ao museu para refletir sobre a notícia que vira recentemente: em uma unidade do Centro de Gestação de Vida, onde algumas daquelas últimas mulheres ainda conseguiam dar à luz, duas crianças totalmente diferentes das demais nasceram: não eram HV. E eram translúcidas...

A esperança é necrófaga. Alimenta-se de seus próprios restos mortais.

REFERÊNCIAS

Abertura *Não me julguem pelos meus pensamentos secretos; até a mim eles assustam.* Drummond de Andrade, Carlos. O avesso das coisas. Rio de Janeiro: Record, 1987, p.75.

31 Último Tango em Paris (título em italiano: Ultimo Tango a Parigi). Filme de Bernardo Bertolucci (1972) Disponível em:

https://pt.wikipedia.org/wiki/Último_Tango_em_ Paris

63 *Uma eventual lei humana discordante da lei natural não é lei, mas corrupção da lei.* "Si vero in aliquo, a lege naturali discordet, iam non erit lex sed legis corruptio" (S. th., I-II, 95, 2) São Tomás de Aquino

63 *Wenner, Jann* Disponível em: https://pt.wikipedia.org/wiki/Jann_Wenner

63 *Ross, Rich* Disponível em: https://en.wikipedia.org/wiki/Rich_Ross

63 *Diller, Barry Charles* Disponível em: https://en.wikipedia.org/wiki/Barry_Diller

63 *Geffen, David Lawrence* Disponível em: https://pt.wikipedia.org/wiki/David_Geffen

63 *Cook, Timothy Donald* Disponível em: https://pt.wikipedia.org/wiki/Tim_Cook

63 *Armani, Giorgio* Disponível em: https://pt.wikipedia.org/wiki/Giorgio_Armani

76 *House of Cards* Radiohead – música do álbum *In Rainbows* (2007) Videoclipe disponível em: https://www.youtube.com/watch?v=8nTFjVm9sTQ

79 *A forma segue a função.* Sullivan, Louis Disponível em: https://pt.wikipedia.org/wiki/Forma_segue_a_função

81 *Quem somos? História da Diversidade Humana* Cavalli-Sforza, Luigi Luca (1995) Disponível em:

https://brasil.elpais.com/brasil/2018/09/03/ciencia/1535974124_908508.html

86 *Escola de Frankfurt* Disponível em: https://pt.wikipedia.org/wiki/Escola_de_Frankfurt

91 *Marx, Karl* Disponível em: https://pt.wikipedia.org/wiki/Karl_Marx

96 *Gramsci, Antonio* Disponível em: https://pt.wikipedia.org/wiki/Antonio_Gramsci

96 *Marcuse, Herbert* Disponível em: https://pt.wikipedia.org/wiki/Herbert_Marcuse

96 *Alinsky, Saul David* Disponível em: https://pt.wikipedia.org/wiki/Saul_Alinsky

100 *Armas, Germes e Aço – Os destinos das sociedades* humanas Diamond, Jared Rio de Janeiro: Record, 2002, p.196.

106 *Choramos ao nascer porque chegamos a este imenso cenário de dementes.* Shakespeare, William Disponível em: https://www.pensador.com/frase/Mzc5/

107 *João de Ferro – Um Livro sobre Homens* Bly, Robert Rio de Janeiro: Campus, 1991.

107 *Derrida, Jacques* Disponível em: https://pt.wikipedia.org/wiki/Jacques_Derrida

109 *Money, John William* Disponível em: https://pt.wikipedia.org/wiki/John_Money

109 *Butler, Judith* Disponível em: https://pt.wikipedia.org/wiki/Judith_Butler

130 *Einstein, Albert* Disponível em: https://pt.wikipedia.org/wiki/Albert_Einstein

NOTAS

Capa Imagem da estátua Vênus Calipígia – cópia no Louvre – Paris - Disponível em: https://pt.wikipedia.org/wiki/Vênus_Calipígia

82 Imagem 1: Crianças Melanésias- Disponível em: https://www.portaldoholanda.com.br/coluna-2/os-nativos-de-melanesia-e-sua-curiosidade-pele-escura-com-cabelos-loiros-naturais

83 Imagem 2: Hamurabi – Disponível em: http://biografiaecuriosidade.blogspot.com/2014/10/biografia-de-hamurabi.html

84 Imagem 3: Estátua de Sócrates – Disponível em: https://pt.wikipedia.org/wiki/Sócrates

91 Imagem 4: Karl Marx – Disponível em: https://pt.wikipedia.org/wiki/Karl_Marx

92 Imagem 5: Revolução Industrial – Disponível em: https://www.infoescola.com/historia/revolucao-industrial/

93 Imagem 6: plásticos – Disponível em: https://www.personare.com.br/embalagens-plasticas-na-berlinda-2-m1711

96 Imagem 7: Antonio Gramsci – Disponível em: https://pt.wikipedia.org/wiki/Antonio_Gramsci

96 Imagem 8: Herbert Marcuse – Disponível em: https://pt.wikipedia.org/wiki/Herbert_Marcuse

96 Imagem 9: Saul Alinsky – Disponível em: https://citacoes.in/autores/saul-alinsky/

97 Imagem 10: A queima dos sutiãs – Disponível em: http://nosso-cha.blogspot.com/2008/09/maldita-queima-do-suti.html

97 Imagem 11: O protesto do orgulho gay – Disponível em: http://mercadopopular.org/2015/07/a-revolta-de-stonewall-46-anos-depois/

98 Imagem 12: A revolta no clube Stonewall – Disponível em: https://pt.wikipedia.org/wiki/Rebelião_de_Stonewall

106 Imagem 13: William Shakespeare – Disponível em: https://www.pensador.com/autor/william_shakespeare/

109 Imagem 14: Bruce Reimer – Disponível em: https://pt.wikipedia.org/wiki/David_Reimer

115 Imagem 15: Microgadus tomcod – Disponível em: http://www.clearwater.org/fishkey/fish/atlantictomcod.html

Artigo disponível em: https://www.correiobraziliense.com.br/app/noticia/ciencia-e-saude/2011/02/23/interna_ciencia_saude,239275/peixe-sofre-em-pouco-tempo-mutacao-e-evita-sua-extincao-em-rio-poluido.shtml

118 Imagem 16: cianobactérias – Disponíveis em: https://geoinnova.org/blog-territorio/simbiosis/ https://www.embrapa.br/busca-de-noticias/-/noticia/5286631/isolamento-cultivo-manutencao-e-preservacao-de-cianobacterias-sao-temas-de-curso-na-embrapa

124 Imagem 17: estátua Hermafrodita – Disponível em: https://tendimag.com/tag/hermafrodita/

Contracapa *Devo dizer que o homossexualismo sempre me causou certa repugnância, que se traduz pelo mal-estar. Nunca me senti à vontade diante de um homossexual. Com o tempo, havendo agora uma abertura imensa com relação ao desvio da homossexualidade, o homossexual não só ficou sendo uma pessoa com autorização para ir e vir como tal, mas chega a ponto de isto ser exaltado como riqueza de experiência, como acrescentamento da experiência masculina.* Drummond de Andrade, Carlos. Trecho de entrevista à pesquisadora Maria Lúcia do Pazo no dia 16 de junho de 1984, para uma tese de doutorado em Comunicação, na Universidade Federal do Rio de Janeiro, defendida em 1992, não publicada. Cópia arquivada na divisão de Manuscritos da Biblioteca Nacional.

ÍNDICE ONOMÁSTICO

1ª edição: junho de 2019
Impressão: Break Point Editora Ltda.
papel de miolo: Paperfect Susano 75g.
papel de capa: Cartão Triplex 250 g.
tipografia: Book Antiqua 12.

BREAK POINT
EDITORA

Break Point Editora Ltda.
Caixa Postal 45 - CEP: 14001-970
Ribeirão Preto/SP - (16) 3877-9511
www.breakpointeditora.com.br